永石 繪美、賴建樺　編著
泉 文明　校閱

新日檢制霸！

N1 文法特訓班

必考文法 × 精闢解析 × JLPT 模擬試題

文法速成週計畫，精準掌握語法，輕鬆通過日檢！

誠摯推薦

日本龍谷大學 國際學部講師	日本大阪國際大學 名譽教授	臺大兼任日語講師 李欣倫日語創辦人	中華科技大學助理教授 日本關西大學文學博士	「東京，不只是留學」粉絲團版主 旅日作家
池宮 由紀	浦上 準之助	李欣倫	莫素微	MIHO

三民書局

序

本書因應新制「JLPT 日本語能力試驗」考試範圍，全面修訂各項文法內容，依照難易度、結構特性、使用場合等重新編排，並配合日檢報名起始日至應考當日約 12 週的時間，將全書文法分為 12 個單元，每單元 11 項文法，共計 132 項文法。學習者可以透過章節前方的「Checklist」來確認自己已學習的範圍。

每項文法皆詳細標示「意味」、「接続」、「説明」、「例文」，並以「重要」不時提醒該文法使用的注意事項、慣用表現或辨別易混淆的相似文法。另外，各文法的「実戦問題」，皆比照實際日檢考試中，文法考題「文の組み立て」模式編寫。而每單元後方，也設有比照文法考題「文法形式の判断」，所編寫的 15 題「模擬試験」。全書共計 312 題練習題，使學習者能夠即時檢視學習成效，並熟悉考題形式。

現今，在臺灣不論自學亦或是跟班授課，為了自助旅行、留學、工作需求等目標，學習日語的人數年年增多。為此，作為判定日語能力程度指標的「JLPT 日本語能力試驗」也變得更加重要。而本書正是專為想將日語能力提升至中高程度、通過日檢 N1 的人設計，使學習者能夠在 12 週內快速地掌握各項 N1 文法，釐清使用方式，輕鬆制霸日檢考試。

本書特色暨使用說明

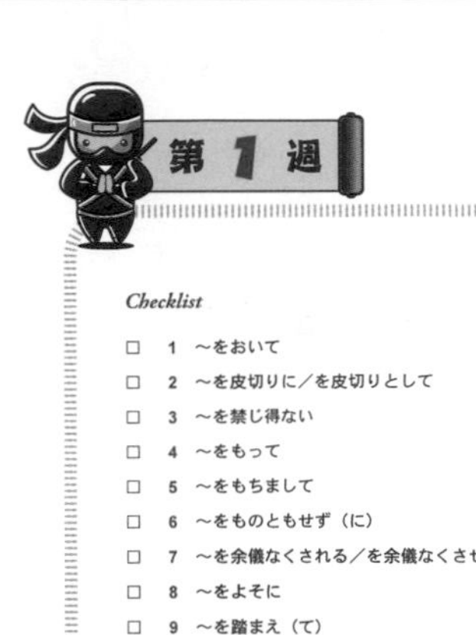

Checklist

- □ 1 ～をおいて
- □ 2 ～を皮切りに／を皮切りとして
- □ 3 ～を禁じ得ない
- □ 4 ～をもって
- □ 5 ～をもちまして
- □ 6 ～をものともせず（に）
- □ 7 ～を余儀なくされる／を余儀なくさせる
- □ 8 ～をよそに
- □ 9 ～を踏まえ（て）
- □ 10 ～を兼ねて
- □ 11 ～を押して／を押し切って

Checklist 文法速成週計畫

學習者可以按照每週編排內容，完整學習 132 項日檢必考文法。各項文法皆有編號，運用「Checklist」可以安排、紀錄每項文法的學習歷程，完全掌握學習進度。

掌握語意、接續方式、使用說明

完整解說文法架構，深入淺出地說明文法觀念。若該文法具有多種含義時，則分別以①②標示。詳細接續方式請參見「接續符號標記一覽表」。

多元情境例句，學習實際應用

含有日文標音及中文翻譯，搭配慣用語句，加深對於文法應用上的理解。若該文法具有多種含義時，則分別以①②標示例句用法。

115 ～ずにはおかない／ないではおかない

|意味| ①自然と～してしまう （自然）會…

②必ず～する 絕對要…

|接続| 動詞~~ない~~＋ずにはおかない

動詞ない形＋ではおかない

|説明|

前面多接動詞使役形，「～ずにはおかない」為書面語，口語對話多用「～ないではおかない」。

① 表示被外界激發而自然引起的反應，與意志無關。句子的主詞為非生物，且經常搭配感情相關的動詞。

② 表示強烈決心，多用於把對象逼入某種狀況。

|例文|

①

◆ 劇団創立100周年を記念して上演されるこのミュージカルは、多くの観客を感動させずにはおかない。

紀念劇團成立100週年而上演的這齣音樂劇，一定會感動許多觀眾。

◆ その子供の利発さは大人を感心させないではおかない。

那個小孩的聰明伶俐一定會讓大人覺得欽佩。

②

◆ 腐った豚肉を売られてしまったので、スーパーにクレームをつけずにはおかない。

竟販賣發臭的豬肉，我一定要向超市投訴。

◆ 今日こそあなたの浮気のことを白状させないではおかないよ。

今天絕對要讓你把外遇的事情從實招來。

147

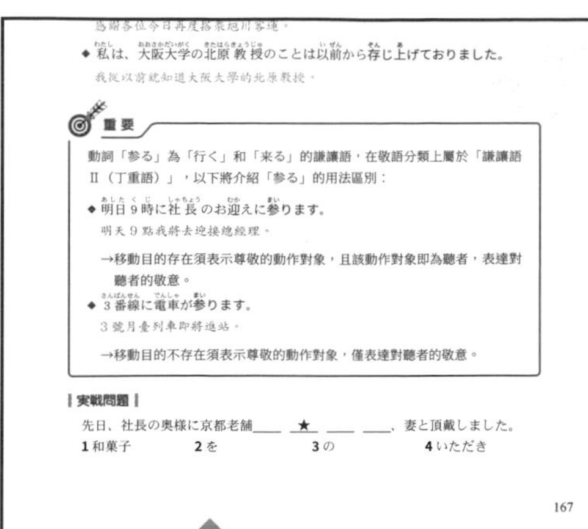

為顧客各位今日再度搭乘旭川客運。

◆ 私は、大阪大学の北原教授のことは以前から存じ上げておりました。

我從以前就知道大阪大學的北原教授。

重要

動詞「参る」為「行く」和「来る」的謙讓語，在敬語分類上屬於「謙讓語Ⅱ（丁重語）」，以下將介紹「参る」的用法區別：

◆ 明日9時に社長のお迎えに参ります。

明天9點我將去迎接總經理。

→移動目的存在須表示尊敬的動作對象，且該動作對象即為聽者，表達對聽者的敬意。

◆ 3番線に電車が参ります。

3號月臺列車即將進站。

→移動目的不存在須表示尊敬的動作對象，僅表達對聽者的敬意。

實戰問題

先日、社長の奥様に京都老舗＿＿＿ ＿★＿ ＿＿＿ ＿＿＿、妻と頂戴しました。

1 和菓子　　2 を　　3 の　　4 いただき

167

「重要」小專欄，完整補充用法

彙整實際應用注意事項、衍生使用方式、比較相似文法間的差異，釐清易混淆的用法。

實戰問題，確立文法觀念

模擬日檢「語句組織」題型即學即測，組織文意通順的句子。解答頁排序方式為：文法編號→★的正解→題目全句正確排列序。

模擬試驗，檢視學習成效

使用每回文法模擬日檢，提供「語法形式判斷」題型，釐清相似語法的使用，測驗各文法理解度與實際應用。

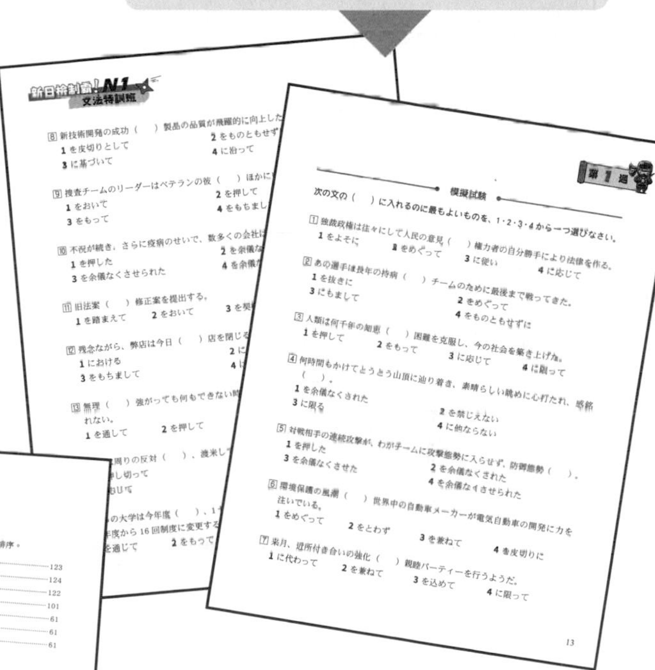

模擬試験

次の文の（　）に入れるのに最もよいものを、1・2・3・4から一つ選びなさい。

1 独裁政権は往々にして人民の意見（　）権力者の自分勝手により法律を作る。
1 をよそに　2 をめぐって　3 に従い　4 に応じて

2 あの選手は長年の持病（　）チームのために最後まで戦ってきた。
1 を抜きに　2 をめぐって　3 にもまして　4 をものともせずに

3 人類は何千年の知恵（　）困難を克服し、今の社会を築き上げた。
1 を押して　2 をもって　3 に応じて　4 に限って

4 何時間もかけてとうとう山頂に辿り着き、素晴らしい眺めに心打たれ、感銘（　）。
1 を余儀なくされた　2 を禁じえない　3 に限る　4 に他ならない

5 対戦相手の連続攻撃が、わがチームに攻撃態勢に入らせず、防御態勢（　）。
1 を押した　2 を余儀なくされた　3 を余儀なくさせた　4 を余儀なくさせられた

6 環境保護の風潮（　）世界中の自動車メーカーが電気自動車の開発に力を注いでいる。
1 をめぐって　2 をとわず　3 を兼ねて　4 を皮切りに

7 来月、近所付き合いの強化（　）親睦パーティーを行うようだ。
1 に代わって　2 を兼ねて　3 を込めて　4 に限って

13

索引

若第一個文字為括弧內可省略之文字，則以第二個文字為起始做排序。

188

50音順排索引

集結全書文法以50音順排列，以利迅速查詢。

接續符號標記一覽表

「イ形容詞」、「ナ形容詞」與「動詞」會隨接續的詞語不同產生語尾變化，而「名詞」本身無活用變化，但後方接續的「だ・です」等助動詞有活用變化，以下為本書中各文法項目於「接続」所表示的活用變化。

✦ 名詞＋助動詞

接續符號	活用變化	範例
名詞	語幹	今日、本、休み
名詞の	基本形	今日の、本の、休みの
名詞だ	肯定形	今日だ、本だ、休みだ
名詞で	て形	今日で
名詞である	である形	今日である
名詞だった	過去形	今日だった
名詞普通形	普通形	今日だ、今日ではない、 今日だった、今日ではなかった

✦ ナ形容詞

接續符號	活用變化	範例
ナ形	語幹	きれい
ナ形な	基本形	きれいな
ナ形だ	肯定形	きれいだ
ナ形で	て形	きれいで
ナ形である	である形	きれいである
ナ形ではない	否定形	きれいではない
ナ形だった	過去形	きれいだった
ナ形なら	條件形	きれいなら
ナ形普通形	普通形	きれいだ、きれいではない、 きれいだった、きれいではなかった

✦ イ形容詞

接續符號	活用變化	範例
イ形~~い~~	語幹	忙し
イ形い	辭書形	忙しい
イ形くて	て形	忙しくて
イ形くない	否定形	忙しくない
イ形かった	過去形	忙しかった
イ形ければ	條件形	忙しければ
イ形普通形	普通形	忙しい、忙しくない、忙しかった、忙しくなかった

✦ 動詞

接續符號	活用變化	範例
動詞辞書形	辭書形	話す、見る、来る、する
動詞ます形	ます形	話します、見ます、来ます、します
動詞~~ます~~		話し、見、来、し
動詞て形	て形	話して、見て、来て、して
動詞ている形	ている形	話している、見ている、来ている、している
動詞た形	過去形	話した、見た、来た、した
動詞ない形	否定形	話さない、見ない、来ない、しない
動詞~~ない~~		話さ、見、来、し
動詞ば	條件形	話せば、見れば、くれば、すれば
動詞よう	意向形	話そう、見よう、来よう、しよう
動詞命令形	命令形	話せ、見ろ、来い、しろ
動詞可能形	可能形	話せる、見られる、来られる、できる
動詞受身形	被動形	話される、見られる、来られる、される
動詞使役形	使役形	話させる、見させる、来させる、させる
動詞使役受身形	使役被動形	話させられる、見させられる、 来させられる、させられる
動詞普通形	普通形	話す、話さない、話した、話さなかった

✦ 其他

接續符號	代表意義	範例
名詞する	する動詞	電話する
名詞~~する~~	動詞性名詞	電話
疑問詞	疑問詞	いつ、だれ、どこ、どう、どの、なに、なぜ
文	句子	引用文、平叙文、疑問文、命令文、感嘆文、祈願文

附註：當前方接續「普通形」時，除了普通體之外，有時亦可接續敬體（です・ます形），但本書不會特別明示。

✦ 符號說明

（）表示可省略括弧內的文字。

／　用於日文，表示除了前項之外，亦有後項使用方式或解釋可做替換。

；　用於中文，表示除了前項之外，亦有後項解釋可做替換。

①② 表示具有多種不同使用方式時，分別所代表的不同意義。

✦ 用語說明

第Ⅰ類動詞：又稱「五段動詞」，例如：「読む」、「話す」。

第Ⅱ類動詞：又稱「上下一段動詞」，例如：「見る」、「食べる」。

第Ⅲ類動詞：又稱「不規則動詞」，例如：「する」、「来る」。

意志動詞：靠人的意志去控制的動作或行為，可用於命令、禁止、希望等表現形式。例如：「話す」可用「話せ」（命令）、「話すな」（禁止）、「話したい」（希望）的形式表達。

非意志動詞：無法靠人的意志去控制的動作或行為，無法用於命令、禁止、希望等表現形式。例如：「できる」、「震える」、「ある」等。

＊部分動詞同時具有意志動詞與非意志動詞的特性，例如：「忘れる」、「倒れる」。

瞬間動詞：瞬間就能完成的動作，例如：「死ぬ」、「止む」、「決まる」等。

繼續動詞：需要花一段時間才能完成的動作，例如：「食べる」、「読む」、「書く」等。部分動詞同時具有瞬間動詞與繼續動詞的特性，例如：「着る」、「履く」。

新日檢制霸！N1 文法特訓班

目次

第３週

第４週

第５週

第６週

第7週

第8週

第9週

第10週

第11週

第12週

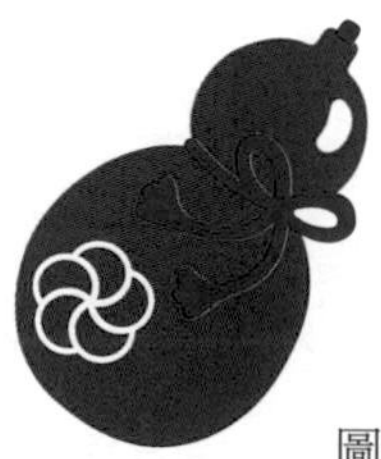

圖片來源：Shutterstock

Checklist

- ☐ 1 ～をおいて
- ☐ 2 ～を皮切りに／を皮切りとして
- ☐ 3 ～を禁じ得ない
- ☐ 4 ～をもって
- ☐ 5 ～をもちまして
- ☐ 6 ～をものともせず（に）
- ☐ 7 ～を余儀なくされる／を余儀なくさせる
- ☐ 8 ～をよそに
- ☐ 9 ～を踏まえ（て）
- ☐ 10 ～を兼ねて
- ☐ 11 ～を押して／を押し切って

1 ～をおいて

意味 ～の以外も（～ない）　除了…之外（沒有…）

接続 名詞＋をおいて

説明

表示撇開前面選項後，不會再有其他更好的選擇，強調前項為最佳。後文多接否定句，「～をおいてほかに～ない」為常見的使用形式。

例文

- 次期大統領候補は彼**をおいて**ほかに適任者はいない。

  下屆總統的候選人除了他之外沒有其他合適人選。

- お願いします。こんなこと頼めるのはあなた**をおいて**ほかにはいないんです。

  拜託你了。這樣的事能拜託的除了你之外再也沒有別人了。

- 僕が結婚したいと思う女性は高橋さん**をおいて**ほかにはいません。

  我想結婚的對象除了高橋小姐之外，再也沒有其他人。

重要

除了上述介紹的「ほかに」之外，「～おいて」也常搭配「誰も」或「何も」等詞語一起使用。

実戦問題

日中関係の研究には彼女＿＿＿＿　＿＿＿＿　＿★＿　＿＿＿＿。

1 をおいて　　**2** ほかに　　**3** いない　　**4** 適任者が

2 〜を皮切りに／を皮切りとして　書面語

意味　〜を始まりとして　以…為開端；以…為起始

接続　名詞＋を皮切りに／を皮切りとして

説明

表示以某項事件或行動作為開端、起點，開始一連串類似的發展。屬於書面語，多用於新聞報導當中。

例文

◆ あのバンドはイギリスを皮切りに、世界２０か国でライブを行う予定です。

那個樂團預定從英國開始，於世界20國舉行演唱會。

◆ そのラーメン屋は台北店の開店を皮切りに、台湾全土にチェーン店を展開し、人気を集めている。

那家拉麵店以開設臺北分店為起始，擴展其在全臺灣的連鎖店，相當受到歡迎。

◆ ガソリン不要車の開発を皮切りとして、我が社は環境保護車の研究・開発に力を入れ始めた。

以發展不需汽油的汽車為開端，本公司開始投入環保車的研究與開發。

重要

除了「〜を皮切りに」和「〜を皮切りとして」之外，也可以寫成「〜を皮切りにして」。

実戦問題

環境問題の解決＿＿＿　＿＿＿　＿★＿　＿＿＿予定だ。

1 を皮切りに　**2** 特別会議を　**3** 世界各国が　**4** 行う

3　～を禁じ得ない　書面語

｜意味｜　～を抑えることができない　不禁…

｜接続｜　名詞＋を禁じ得ない

｜説明｜

前接表示情緒的名詞，意指無法抑制心情的起伏。屬於生硬的說法，通常用於正式場合，而不用於日常對話中。

｜例文｜

◆ 3歳の姪がお箸を上手に使えることに驚きを禁じ得ない。

我對3歲的姪女能流暢地使用筷子一事不禁感到驚訝。

◆ テレビに映し出される難民の子供たちの姿に涙を禁じ得なかった。

看到電視上難民兒童們的身影，我不禁流下眼淚。

◆ その飛行機事故で家族を亡くされた方々には同情を禁じ得ません。

我對因那場空難而失去親人的家屬不禁感到同情。

重要

若句子的主詞為第一人稱以外時，句尾須加上「だろう」、「でしょう」等表示推測的詞語。

｜実戦問題｜

こんな悲惨な案件が起こってしまい、＿★＿ ＿＿＿ ＿＿＿ ＿＿＿。

1 同情の念　　**2** 深い　　**3** 御遺族に　　**4** を禁じ得ない

4 ～をもって

意味 ①～で（手段）　以…；用…

②～で（時間）　於…

接続 名詞＋をもって

説明

① 表示「用…做某事」之意，通常接在抽象概念的名詞之後，例如：「自信」、「努力」、「実力」等。

② 接在表示期限的詞語之後，用來表達某事物開始的時間，或指持續到此時間為止。

例文

①

◆ 理想（りそう）があれば、自信（じしん）をもって未知（みち）に挑（いど）むべきだ。

如果有理想，就應該要懷抱自信挑戰未知的事物。

◆ この録画（ろくが）をもって自分（じぶん）の無実（むじつ）を証明（しょうめい）する。

用這個錄影畫面證明自己的清白。

②

◆ 私（わたし）は今年（ことし）9月（くがつ）をもってこの大学（だいがく）に着任（ちゃくにん）することになった。

我今年9月要到這間大學任職。

◆ 本日（ほんじつ）の会議（かいぎ）はこれをもって終了（しゅうりょう）いたします。

今天的會議就到此結束。

実戦問題

医療界は今まで＿＿＿ ＿＿＿ ＿★＿ ＿＿＿いく必要がある。

1 緊張感　**2** 以上に　**3** 対応して　**4** をもって

5　～をもちまして　書面語

｜意味｜　①～で（手段）　以…；用…

②～で（時間）　於…

｜接続｜　名詞＋をもちまして

｜説明｜

① 為「～をもって」的書面語，表示憑藉某項條件作為手段或基準。

② 同樣為「～をもって」的書面語，接在表示期限的詞語後，用來表達某事物開始的時間，或指持續到此時間為止的正式用語。

｜例文｜

①

◆ ご質問の回答は結果が出次第、書面**をもちまして**通知いたします。

您提出的問題有結果之後，我們將會立刻以書面資料的形式告知您。

◆ お客様のご注文につきまして誠意**をもちまして**ご提供いたします。

對於顧客的訂單，我們將誠心誠意地提供給您。

②

◆ 突然ではございますが、当店は来月20日**をもちまして**閉店とさせていただくことになりました。

臨時告知，本店將於下個月20號結束營業。

◆ あの有名な野球選手は本日**をもちまして**引退します。

那位知名的棒球選手將於今日退役。

｜実戦問題｜

展示会は、＿＿＿　＿＿＿　＿＿＿　＿★＿無事に終えることが出来ました。

1 皆様の　**2** もちまして　**3** お陰　**4** を

6　～をものともせず（に）　書面語

意味　～に負けないで　不畏…；不顧…

接続　名詞＋をものともせず（に）

説明

表示無視於某不利因素，形容他人義無反顧或毫不在乎的行為，語氣中常帶有讚嘆。其中「に」的部分可以省略。

例文

◆ 彼(かれ)は膝(ひざ)の手術(しゅじゅつ)**をものともせず**、プロバスケ選手(せんしゅ)になった。

他不畏歷經膝蓋手術，成為了職籃球員。

◆ 家族(かぞく)の反対(はんたい)**をものともせず**、姉(あね)はアメリカに留学(りゅうがく)する決意(けつい)をした。

姊姊無視家人的反對，決心要去美國留學。

◆ 救助隊(きゅうじょたい)は遭難(そうなん)した人々(ひとびと)を助(たす)けるために、嵐(あらし)**をものともせずに**山(やま)へ向(む)かった。

救難隊為了救助遇難的人們，不畏暴風雨深入山中。

重要

由於本文法用於稱讚他人的行為，因此不能用於描述第一人稱，也就是說話者自己。

実戦問題

エベレスト山頂＿＿＿　＿＿＿　＿★＿　＿＿＿出発した。

1 登山隊は　　**2** をものともせずに

3 吹雪　　**4** を目指した

7 ～を余儀なくされる／を余儀なくさせる　書面語

意味　しかたなく～しなければならない　不得不…

接続　名詞＋を余儀なくされる／を余儀なくさせる

説明

表示不得不做某項行為，多用於負面敘述。當句子的主語為人或團體時使用「～を余儀なくされる」，主語為原因時則使用「～を余儀なくさせる」。

例文

◆ ダム建設（けんせつ）のため、強制買収（きょうせいばいしゅう）の対象地区（たいしょうちく）にあった約100戸（やくひゃっこ）のうちのほとんどが移転（いてん）を余儀（よぎ）なくされました。

由於建設水壩，強制徵收對象區域裡約 100 戶的人民大部分都已被迫搬遷。

◆ あのレストランは人手不足（ひとでぶそく）のため、閉店（へいてん）を余儀（よぎ）なくされた。

那家餐廳由於人手不足，因而不得不結束營業。

◆ 大洪水（だいこうずい）は２５万人以上（にじゅうごまんにんいじょう）の人々（ひとびと）の避難（ひなん）を余儀（よぎ）なくさせた。

大洪水迫使 25 萬以上的民眾不得不避難。

重要

「余儀」的中文意思為「其他方法」，「余儀なく」則來自形容詞「余儀ない」的變化，意思為「不得已」。

実戦問題

新型ウィルスの＿＿＿　＿＿＿　＿★＿　＿＿＿。

1 余儀なくされた　**2** 町は　**3** せいで　**4** 閉鎖を

8 ～をよそに

意味 ～を気にしないで　不顧…；不理會…

接続 名詞＋をよそに

説明

表示無視於某因素的存在，彷彿事不關己般地，逕自進行本身的動作。語氣中時而含有責難的口吻。

例文

◆ ゴミ処理場建設は、付近住民の反対をよそに始まった。

垃圾處理場的興建，不顧附近居民的反對開始動工了。

◆ 親の期待をよそに、兄は毎日スマホゲームに熱中している。

不理會父母的期待，哥哥每天熱衷於手機遊戲。

◆ 鈴木くんは机に積みあげられたたくさんの仕事をよそに、会社の電話で彼女と話している。

鈴木對桌上堆積如山的工作視而不見，正用公司的電話和女友聊天。

文法「～をものともせず（に）」雖也可譯為「不顧…」，但用於形容他人義無反顧，為正面敘述，「～をよそに」則語帶責難，為負面敘述，學習上須留意兩者的不同。

実戦問題

家族の心配＿＿＿　＿★＿　＿＿＿　＿＿＿どういうつもりだろう。

1 一体　**2** 彼は　**3** 夜遊びしてた　**4** をよそに

9 ～を踏まえ（て） 書面語

意味 ～を前提にして　以…為前提；基於…

接続 名詞＋を踏まえ（て）

説明

表示以某事情為前提或基礎，從而進行後句的行為。為較生硬的用法，多用於會議等正式場合。

例文

◆ あの政治家（せいじか）は、先日（せんじつ）の記者会見（きしゃかいけん）での虚偽答弁（きょぎとうべん）の内容（ないよう）を踏（ふ）まえて、本日午前正式（ほんじつごぜんせいしき）に辞任（じにん）を発表（はっぴょう）した。

那位政治家基於前幾天在記者會上虛偽答覆的內容，於本日上午正式提出辭呈。

◆ 日本（にほん）の産業（さんぎょう）の育成状況（いくせいじょうきょう）を踏（ふ）まえ、今後業界（こんごぎょうかい）の採（と）るべき対応策（たいおうさく）を提案（ていあん）します。

以日本的產業培育狀況為基礎，提出往後業界應該採用的應對方案。

◆ 原発災害対応（げんぱつさいがいたいおう）の教訓（きょうくん）を踏（ふ）まえて、修正案（しゅうせいあん）を作成（さくせい）しました。

以應對核能電廠災害上不足之處為鑑，製作了修正方案。

重要

修飾名詞時，使用「～を踏まえた＋名詞」之形式。

実戦問題

「地球温暖化対策計画」＿★＿ ＿＿＿ ＿＿＿ ＿＿＿を行われている。

1 永続的な　**2** を踏まえ　**3** 総合的かつ　**4** プログラム

10 ～を兼ねて

意味 ～という目的も一緒に～　兼顧…

接続 名詞＋を兼ねて

説明

表示說話者在做後者的同時，也兼顧到了前者。主要目的為後者。

例文

- ◆ 旧友の昇進祝いを兼ねて、久しぶりに家に招いた。

  兼顧慶祝老朋友的高升，久違地邀請對方來家裡作客。

- ◆ 趣味の読書を兼ねて、大学入試の筆記試験対策を練っています。

  準備大學入學筆試，也兼顧閱讀的興趣。

- ◆ ストレス解消と健康を兼ねて、筋トレをしています。

  兼顧消除壓力以及身體健康，我一直保持做重量訓練的習慣。

重要

若「～を兼ねて」的前面有多個兼顧的內容，可以使用助詞「と」相連，如同上述例句的用法。另外，修飾名詞時，則使用「～を兼ねた＋名詞」之形式。

実戦問題

リハビリ＿＿ ＿★＿ ＿＿ ＿＿へ通い始めた。

1 プール　　**2** を　　**3** 兼ねて　　**4** 近隣の

11 ～を押して／を押し切って

意味 ～という問題などに負けないで　不顧…

接続 名詞＋を押して／を押し切って

説明

用以表示克服某些困難，實際上能夠搭配的單字有限，例如：「病気」、「怪我」、「反対」等。

例文

◆ 会社の改革のために、会長は病気を押して、取締役会に出席した。

為了公司的改革，董事長強忍病痛出席了董事會。

◆ 首相は党内の反対意見を押し切って、強引に税率を引き上げた。

首相不顧黨內的反彈聲浪，硬是提升了稅率。

◆ 指導教官の反対を押し切って、新たな研究領域に飛び込むとは勇気ある行動と言うべきか、狂気の沙汰と言うべきか。

不顧指導教授的反對投身於新的研究領域，該說是有勇氣的行動，還是瘋狂的行為呢？

重要

相較於「～を押して／を押し切って」前接單字有限，語意類似的文法「～をものともせず（に）」則可接續各種不利因素或困難。

実戦問題

政府は＿★＿ ＿＿＿ ＿＿＿ ＿＿＿決めた

1 反対を　**2** 関税の　**3** 引き上げを　**4** 押し切って

模擬試験

次の文の（　　）に入れるのに最もよいものを、1・2・3・4から一つ選びなさい。

1 独裁政権は往々にして人民の意見（　　）権力者の自分勝手により法律を作る。

1 をよそに　**2** をめぐって　**3** に従い　**4** に応じて

2 あの選手は長年の持病（　　）チームのために最後まで戦ってきた。

1 を抜きに　**2** をめぐって
3 にもまして　**4** をものともせずに

3 人類は何千年の知恵（　　）困難を克服し、今の社会を築き上げた。

1 を押して　**2** をもって　**3** に応じて　**4** に限って

4 何時間もかけてとうとう山頂に辿り着き、素晴らしい眺めに心打たれ、感銘（　　）。

1 を余儀なくされた　**2** を禁じえない
3 に限る　**4** に他ならない

5 対戦相手の連続攻撃が、わがチームに攻撃態勢に入らせず、防御態勢（　　）。

1 を押した　**2** を余儀なくされた
3 を余儀なくさせた　**4** を余儀なくさせられた

6 環境保護の風潮（　　）世界中の自動車メーカーが電気自動車の開発に力を注いでいる。

1 をめぐって　**2** をとわず　**3** を兼ねて　**4** を皮切りに

7 来月、近所付き合いの強化（　　）親睦パーティーを行うようだ。

1 に代わって　**2** を兼ねて　**3** を込めて　**4** に限って

8 新技術開発の成功（　　）製品の品質が飛躍的に向上した。

1 を皮切りとして　2 をものともせずに
3 に基づいて　4 に沿って

9 捜査チームのリーダーはベテランの彼（　　）ほかにいないでしょう。

1 をおいて　2 を押して
3 をもって　4 をもちまして

10 不況が続き、さらに疫病のせいで、数多くの会社は倒産（　　）。

1 を押した　2 を余儀なくされた
3 を余儀なくさせられた　4 を余儀なくさせた

11 旧法案（　　）修正案を提出する。

1 を踏まえて　2 をおいて　3 を契機に　4 を通して

12 残念ながら、弊店は今日（　　）店を閉じることになりました。

1 における　2 に関わらず
3 をもちまして　4 において

13 無理（　　）強がっても何もできない時には、潔く諦めたほうがいいかもしれない。

1 を通して　2 を押して　3 にかけては　4 に限らず

14 彼女は周りの反対（　　）、渡米して新事業を展開した。

1 を押し切って　2 を抜きに
3 に応じて　4 に当たって

15 うちの大学は今年度（　　）、1セメスターの授業回数を18回制度を終了し、次年度から16回制度に変更することになった。

1 を通じて　2 をもって　3 をとわず　4 を兼ねて

Checklist

- ☐ 12 ～に（は）あたらない
- ☐ 13 ～に至って
- ☐ 14 ～に至る
- ☐ 15 ～に至るまで
- ☐ 16 ～にかかわる
- ☐ 17 ～にかたくない
- ☐ 18 ～にしたところで／にしたって
- ☐ 19 ～にして
- ☐ 20 ～に即して／に則して
- ☐ 21 ～に足る
- ☐ 22 ～にひきかえ

12 ～に（は）あたらない

意味 ～ほどのことはない　用不著…

接続
名詞~~する~~
動詞辞書形
＋に（は）あたらない

説明

亦可寫成「～に（は）当たらない」，表示對事情的反應還無須做到某種程度，前接「驚く」、「非難する」、「責める」等有關情緒或觀感的動詞。經常與表示理由的「～からといって」或「だから」等詞語一起使用。

例文

◆ 子供の成績が悪いからといって嘆くにあたらない。

用不著因為小孩的成績不好就嘆氣。

◆ 彼が素直に謝らなかったからといって非難するにはあたらない。

不必因為他沒有誠摯地道歉就加以譴責。

◆「塞翁が馬」という言葉は、運命は予測できないから、禍も悲しむに及ばず、福も喜ぶにはあたらないという意味だ。

「塞翁失馬」意指由於命運無法預測，所以禍不需悲，福亦勿喜。

実戦問題

上司から部下への指導は＿＿　＿★＿　＿＿　＿＿。

1 にはあたらない　　**2** やや

3 手厳しくても　　**4** 意気消沈

13 ～に至って

意味 ～という段階・事態になって　直到…

接続 名詞／動詞辞書形 ＋に至って

説明

表示事情的發展到了某個重大階段，非同小可，通常譯為「直到…才…」或「到了…的地步…」。後句經常搭配「はじめて」、「やっと」等詞語一起使用。

例文

◆ 別居に至って、あの二人はやっとお互い冷静になって話し合うことができた。

到了分居的地步，那兩人才終於互相冷靜下來談談。

◆ 事故が起こるに至って、初めて安全性が重視された。

直到發生事故，安全性才開始受到重視。

◆ 初の死者が出るに至って、民間企業はようやく感染予防対策を徹底して行った。　直到開始出現死者，民間企業才終於徹底執行預防感染對策。

重要

「～に至っても」為其衍生句型，意思為「即使到了…的地步仍…」，經常搭配「まだ」、「なお」等詞語一起使用。

◆ あの国は物資不足で戦争を続けることさえ難しくなるに至っても、まだ戦争をやめようとはしなかった。

即使到了物資不足，甚至難以繼續打仗的地步，該國仍不願意結束戰爭。

実戦問題

彼女はがんが検出される＿＿＿　＿★＿　＿＿＿　＿＿＿。

1 に気づいた　　**2** に至って　　**3** 初めて　　**4** 健康の大切さ

14 ～に至る　書面語

意味　～になる　達到…；至…

接続　名詞 ／ 動詞辭書形 ＋に至る

説明

表示經歷各種事情後，最後在空間上到達某處，或是事物達到某種階段、狀態等演變結果。

例文

◆ 従業員3人で始めた我が社もバブル期に急成長をとげ、今日に至った。

靠3名員工起家的本公司，也在泡沫經濟時期急速成長，達到今日的景況。

◆ シルクロードは中国から中央アジア・西アジアの砂漠を横切り、やがてヨーロッパに至る長い道だ。

絲路是從中國橫越中亞與西亞的沙漠，最後綿延至歐洲的迢迢長路。

◆ 日本の生活を抜け出して異文化の中で生活してみたい、それが台湾に来るに至った動機です。

想從日本的生活中跳脫出來，在不同文化的地方生活看看，這就是我來臺灣的動機。

実戦問題

本研究の目的は＿＿＿ ＿＿＿ ＿＿＿ ＿★＿日本の食生活を探るということである。

1 から　　**2** 平安時代　　**3** 現代に　　**4** 至る

15 ～に至るまで　書面語

意味　（～から）～まで　甚至到…從…到…

接続　名詞＋に至るまで

説明

用於表示某事物涉及的範圍。本文法經常以「～から～に至るまで」的形式出現，此時表示事物的範圍到達某個程度，且在此範圍內無一例外。

例文

◆ 日本では子供から大人に至るまで、どこでも漫画を読んでいる人の姿を目にする。

在日本，不管到哪都可看見小孩甚至是大人看漫畫的身影。

◆ インターネットの普及によって、韓国からブラジルに至るまで世界中どこにいようと簡単に連絡がとれるようになった。

由於網路的普及，從韓國到巴西，無論在世界何地都能簡單取得聯繫。

◆ 中央銀行総裁は記者会見で政策決定に至るまでの経緯を話した。

中央銀行總裁在記者會上說明整個政策制定的來龍去脈。

重要

「～から～に至るまで」在日常對話中可替換成「～から～まで」，不過與強調上限的「～から～に至るまで」不同，「～から～まで」只表示了範圍的起點和終點。

実戦問題

エベレスト＿＿＿ ＿★＿ ＿＿＿ ＿＿＿、世界には人跡未踏のところはいっぱいある。

1 に至る　**2** まで　**3** から　**4** マリアナ海溝

16 ～にかかわる

意味 ～に影響を及ぼす　攸關…

接続 名詞＋にかかわる

説明

亦可寫成「～に関わる」，表示影響或攸關到的事物。前面接續的名詞通常為重要事物，例如：「命」、「名誉」、「将来」等。

例文

◆ 看護師の仕事は人の命にかかわるものなので、いいかげんな人にはしてほしくない。

護理師的工作攸關人命，不希望行事草率的人從事。

◆ 大学入試の失敗は将来にかかわるという人もいるが、長い人生だもの。2、3年の遅れなどすぐに取り戻せるものだよ。

也有人覺得大學入學考試的失敗攸關未來，不過人生是長遠的，2、3 年的落後很快就能追回來。

◆ 乗客の安全にかかわるので、バス運転手の健康管理は欠かせないものだ。

因為攸關乘客的安全，公車司機的健康管理不可或缺。

重要

衍生用法「～にかかわる／にかかわって」表示與某人事物有關聯，例如「英語に関わる仕事」意思為「與英語相關的工作」。

実戦問題

お客様に＿＿＿＿　＿＿＿＿　＿＿＿＿　＿★＿、誠に申し訳ございませんでした。

1 かかわる　**2** 情報が　**3** しまい　**4** 流出して

17 ～にかたくない 書面語

意味 簡単に～できる　不難…

接続 名詞／動詞辞書形 ＋にかたくない

説明

亦可寫成「～に難くない」，表示能夠輕易想像或理解某些情況。形容事情的本質淺顯易懂，或能訴諸人們的同理心。前面可接續的詞語有限，主要與「想像（する）」、「理解（する）」、「察する」等抽象動作搭配。因為是書面語，所以幾乎不用於日常對話。

例文

◆ １０年来の恋人と別れるに至った彼女の絶望的な心境は想像にかたくない。

最終她與交往了 10 年的男友分手，不難想像她絕望的心情。

◆ 交通事故で親を失った子供たちがこれからどんな生活をしなければならないのか想像にかたくないはずだ。

不難想像那些因車禍而喪失至親的兒童們往後的日子該怎麼過。

◆ 彼の話を聞けば、なぜ部下を叱ってしまったのか、理解するにかたくない。

聽了他的敘述，不難理解他為什麼會斥責下屬。

実戦問題

地域にとっては直接的に景気の下押し圧力となる＿★＿ ＿＿ ＿＿ ＿＿。

1 に　　2 ことは　　3 想像　　4 かたくない

18 ～にしたところで／にしたって

意味 ～の立場でも　即使是…也…

接続 名詞＋にしたところで／にしたって

説明

前面接人或事物，表示站在該立場，後接「即使如此，情況沒有不一樣」的負面結論。口語會話多用「～にしたって」之形式。

例文

◆ 話し合いはこれといった進展のないまま、深夜まで続いた。リーダーである私にしたところでいい考えが浮かばない。

　討論毫無進展地持續到深夜，即使是身為領導者的我，也想不出好辦法。

◆ 田村さんにしたところで、自分の説が正しいと断言できる明確な根拠はないでしょう。

　即使是田村先生，也沒有明確證據能斷言自己的說法是正確吧。

◆ 新社長にしたって、会社の赤字を黒字にするアイデアがないだろう。

　即使是新任總經理，也沒有辦法讓公司轉虧為盈吧。

実戦問題

たとえ＿＿　＿＿　＿★＿　＿＿必ずしもノーベル賞を受賞するチャンスがあるわけではないと思う。

1 専門家　　　**2** したところで

3 に　　　**4** 名高い

19 ～にして

意味 ①～になって　只有…（的條件）；直到…（的階段）

②～と同時に　是…同時是…

接続 名詞＋にして

説明

① 強調前項要素（時刻、場面、狀況、條件或人物等），後面常接「ようやく」或「はじめて」突顯其獨特性。

② 為並列用法，表示除前項外，同時具備了後項。屬於書面語。

例文

①

◆ ローマは一日にしてならず。

羅馬不是一天造成的。

◆ この曲は偉大な音楽家を父に持つ彼にしてはじめて弾ける難しい作品である。

這首曲子是只有父親是偉大音樂家的他才能夠彈奏的困難作品。

②

◆ 湯豆腐は、その淡白にして上品な味わいがたまらない。

湯豆腐那清淡卻高雅的滋味真是令人難以抗拒。

◆ チョムスキーは有名な言語学者にして難民問題を訴え続けた政治学者でもある。

喬姆斯基是知名的語言學者，同時也是不斷致力於難民問題的政治學家。

実戦問題

仕事の醍醐味というのは情熱を注いだ人＿★＿　＿＿＿　＿＿＿　＿＿＿だ。

1 にして　　**2** こと　　**3** 味わえる　　**4** はじめて

20 ～に即して／に則して

意味　～にしたがって　依據…；按照…

接続　名詞＋に即して／に則して

説明

表示遵循實際情況、經驗或法條等作為行動準則。「そく」的漢字一般寫成「即」，若前接法律、規章等基準規範時，經常寫成「則」。修飾名詞時使用「に即した／に則した＋名詞」之形式。

例文

◆ 赴任前にできることはしておきますが、なにしろ外国のことです。現地の状況に即して対応してください。

赴任之前能做的事先做，但畢竟是外國，要入境問俗、隨機應變。

◆ この問題は私的な感情や人間関係ではなく、法律に則して解釈されるべきだ。

這個問題非關私人感情或人際關係，應遵循法律的解釋。

◆ 不正を働いた者にたいしては、規則に則した対応をする。

對於作弊的人，會依規定加以究辦。

重要

「～に即して／に則して」前面經常接續的名詞，除了例句當中使用的「状況」、「法律」、「規則」之外，還有「現実」、「事実」、「実態」等。

実戦問題

弊社が出荷した商品は食品安全推進条例＿＿＿　＿＿＿　＿＿＿　＿★＿。

1 運送して　　**2** に　　**3** おります　　**4** 則して

21 ～に足る　書面語

意味　～する価値がある　值得…；足以…

接続　名詞~~する~~ / 動詞辞書形 ＋に足る

説明

前接動詞或與動作相關的名詞，形容程度上充分到達水準，具有某種價值。經常與「信頼する」、「尊敬する」、「満足する」等動詞搭配。否定形則為「～に足りない」。

例文

◆ 学生が尊敬するに足る教師になることが私の夢です。
成為值得學生尊敬的老師是我的夢想。

◆ 高校生活最後の試合で、満足に足る成績を残すことができた。
在高中生活最後的一場比賽，留下了足以自豪的成績。

◆ 相手チームには、この程度の実力しかないなら、恐れるに足りない。
如果對戰隊伍的實力只有這種程度，那就不足以畏懼。

重要

類似文法「～に値する」亦可表示事物的程度充分到達水準，具有某種價值。例如「満足に値する結果」意思為「值得滿意的結果」。否定形則為「～に値しない」。

実戦問題

後世に＿＿＿　＿★＿　＿＿＿　＿＿＿を残すことは、自分の宿願である。

1 に　　**2** 功績　　**3** 足る　　**4** 尊敬される

22 ～にひきかえ

意味 ～とは反対に　與…相反

接続 名詞（であるの）＋にひきかえ

ナ形な／である
イ形い
動詞普通形
} ＋の＋にひきかえ

説明

表示反差或對比，因此前後項為相反的事物，語氣上包含說話者主觀的情感。相似文法「～に対して」則是站在客觀立場進行兩個事物的對比。

例文

◆ 祖父はおしゃべり好きなのに**ひきかえ**、祖母はいつも無口だ。

與愛說話的爺爺相反，奶奶總是沉默寡言。

◆ 先進国の子供は過保護なのに**ひきかえ**、アフリカでは1分間に何人かのペースで子供たちが餓死しているそうだ。

與先進國家過度保護兒童相反，據說非洲每分鐘都有很多兒童因飢餓而喪生。

◆ 出会った頃の彼は親切で心配りができたのに**ひきかえ**、最近は全然気遣いのできない人になっちゃった。

剛認識時的男友親切且貼心，相反地，最近他卻變得完全不體貼。

実戦問題

何をしようとしても考えてから行動を取る＿＿＿ ＿＿＿ ＿★＿ ＿＿＿下の妹は考えずに猪突猛進のタイプだ。

1 に　　**2** 妹　　**3** ひきかえ　　**4** 上の

模擬試験

次の文の（　　）に入れるのに最もよいものを、1・2・3・4から一つ選びなさい。

1 ここ数年、不況が続き、最近（　　）大手企業の平均給与がマイナスとなってしまった。

1 にひきかえ　　**2** に応じて

3 にもまして　　**4** に至るまで

2 レオナルド・ダ・ビンチは有名な画家（　　）科学者でもある。

1 にして　　**2** に至って　　**3** に関わる　　**4** につけ

3 事実（　　）書かれた話だからこそ、人の心を動かす。

1 にしたって　　**2** にしたがって

3 に即して　　**4** に応じて

4 相手のチームは数年連続ビリで、恐れる（　　）。

1 に違いない　　**2** にたえない

3 にとまらない　　**4** に足りない

5 人命（　　）情報なので、災害対策本部に至急にお伝え下さい。

1 にかかわる　　**2** にして

3 にひきかえ　　**4** にもかかわらず

6 患者様の治療にあたっては診療ガイドライン（　　）診察を行います。

1 にかかって　　**2** に則して

3 にまつわる　　**4** にかわって

7 天才と呼ばれる彼女（　　）解ける問題だから、私なんてわかるはずがないよ。

1 にして　　**2** にしては　　**3** にしたって　　**4** にした

8 この難病の治療に臨み、専門家（　　）、手を焼くでしょう。

1 にしたところで　　2 にしたところだ
3 にした　　4 にしては

9 苦心を重ね、今日の成功（　　）経緯を、話させていただきます。

1 に限って　　2 にさかのぼる
3 に至った　　4 に至らない

10 あの人は自己中心なので、どんなことをしても驚く（　　）。

1 に違いない　　2 には及ばない
3 にしかたない　　4 には当たらない

11 人民の権利（　　）政策は公的な場で討論すべきだ。

1 にかかって　　2 にかかわる
3 にひきかえ　　4 に至って

12 彼は強がり屋で、体温が 40 度超え（　　）、やっと病院に行く気になった。

1 に至って　　2 にしては　　3 にとって　　4 につけ

13 先進国の出生率は下がっている。それ（　　）、途上国の出生率は伸びている。

1 にもかかわらず　　2 にひきかえ
3 にもまして　　4 におよばず

14 成人式（　　）家族全員を呼ぶなんて大げさだ。

1 に関わる　　2 に足る
3 にしたって　　4 にしては

15 数年ぶりに旧友に会って、その嬉しさは想像（　　）。

1 にかたい　　2 にかたくない
3 にやさしい　　4 にやすい

Checklist

- ☐ 23 ～にたえる
- ☐ 24 ～にたえない①
- ☐ 25 ～にたえない②
- ☐ 26 ～に～ない
- ☐ 27 ～にとどまらず
- ☐ 28 ～には及ばない
- ☐ 29 ～に越したことはない
- ☐ 30 ～にもまして
- ☐ 31 ～にあって
- ☐ 32 ～とあって
- ☐ 33 ～あっての

23 ～にたえる

意味 ①～する価値がある　值得…

②～ことを我慢する　承受…；經得起…

接続 ①名詞／動詞辞書形 ＋にたえる

②名詞＋にたえる

説明

① 表示「值得去做…」之意，只用於表達欣賞作品，若要表達「沒有做的價值」時則以「～にたえる＋名詞＋ではない」表現。能夠搭配的單字有限，例如：「鑑賞」、「読む」、「見る」等。

② 用於表示忍耐或是承受某些情形，否定形為「～にたえられない」。

例文

①

◆ 子供向けの作品でも、大人の鑑賞にたえるものもある。

即使是兒童取向的作品，也有值得成年人觀賞的。

◆ 作者がパロディーだと言い張っても、評論家にしてみれば、読むにたえる小説ではない。

就算作者堅持那是詼諧諷刺的小說，在評論家眼裡仍不值得一讀。

②

◆ 生放送のプレッシャーにたえて、彼女は慌てずにバイオリン演奏を終えた。

她承受著現場直播的壓力，不慌不忙地完成了小提琴的演奏。

◆ 祖父は暑さにたえられなくて、熱中症にかかってしまった。

爺爺承受不了高溫而中暑了。

実戦問題

長年時間とエネルギーを費やし、＿＿＿ ＿＿＿ ＿★＿ ＿＿＿を作り上げた。

1 に　　**2** 映画　　**3** たえる　　**4** 鑑賞

24 ～にたえない①

意味 ～するのがつらい　不堪…

接続 動詞辞書形＋にたえない

説明

亦可寫成「～に堪えない」，用以表示情況很糟糕、惡劣，以致於難以進行某些行為。實際上能夠搭配的單字不多，例如：「見る」、「聞く」、「読む」等。

例文

◆ 最近（さいきん）のニュースは芸能人（げいのうじん）のスキャンダルやら、殺人事件（さつじんじけん）やらばかりで、実（じつ）に見（み）るにたえない。

最近的新聞都在報導藝人的醜聞跟凶殺案，實在是不堪入目。

◆ 生放送（なまほうそう）の歌番組（うたばんぐみ）で時々（ときどき）聞（き）くにたえない演出（えんしゅつ）も出（で）ているね。

偶爾會在現場直播的歌唱節目中聽到不堪入耳的表演。

◆ 周囲（しゅうい）が見（み）るにたえないと思（おも）わせる言動（げんどう）を避（さ）けるべきだ。

我們應該盡量避免讓周遭的人覺得不堪入目的言行。

重要

須留意本文法不能寫成「～にたえられない」。

実戦問題

インターネット＿＿＿ ＿＿＿ ＿＿＿ ＿★＿がありふれている。

1 読む　　2 記事

3 にたえない　　4 には

25 ～にたえない②

意味 心から非常に～だ　無比…；不勝…

接続 名詞＋にたえない

説明

慣用表現，前接「喜び」、「怒り」、「不安」、「感謝」、「感慨」等表示內心感受的名詞，形容該種心情極為強烈，多用於正式場合。

例文

◆ 我が社が会社ぐるみで不正を行っていたなんて、怒りにたえない。

我們全公司上下竟然都參與舞弊，真是讓人無比氣憤。

◆ 交通事故が日に日に激増しているとのこと、まことに憂慮にたえません。

交通事故日益激增，真是令人不勝擔憂。

◆ 本日ここに企画が実現しましたことは、非常に感慨深く、喜びにたえないところです。

今日此時對於企劃完成一事，內心感慨萬千，無比喜悅。

重要

本文法還有一種慣用表現為「～の念にたえない」，常見的例子有「感謝の念にたえない」，意指十分感謝。

実戦問題

まさか裁判の結果がこうなるとは＿＿ ＿★＿ ＿＿ ＿＿。

1 に　　2 実に　　3 怒り　　4 たえない

26 ～に～ない

意味 ～したいが、できない　想…也無法…

接続 動詞辞書形＋に＋動詞可能否定形

説明

表示因為某些緣故而無法做到本來想做的事，前後分別為同一動詞的辭書形和可能否定形。

例文

◆ 一部の権力者の反発があったので、年金改革を推進するに推進できない。

由於一部分掌權人士的反對，即使想要推動年金改革也無法進行。

◆ 技術の制限で、生産効率を上げるに上げられない。

因為技術上的限制，就算想要提高生產效率也提高不了。

◆ 山は天気が変わりやすいので、判断が遅かったら、降りるに降りられないかもしれないよ。

因為山上的天氣易變，如果判斷慢了的話，說不定會下不了山喔。

重要

其他常見慣用句日文原文	中文翻譯
引くに引けない	進退兩難（無法抽身）
泣くに泣けない	想哭也哭不出來（非常後悔或痛苦）

実戦問題

明日の面接試験が心配で＿★＿ ＿＿＿ ＿＿＿ ＿＿＿。

1 寝る　　**2** 寝られ　　**3** ない　　**4** に

27 ～にとどまらず

意味　～だけでなく　不僅限於…

接続　名詞（である）／動詞普通形　＋にとどまらず

説明

表示影響範圍很大，或是涉及範圍很廣。前方常會搭配「だけ」、「のみ」等限制範圍的助詞，用以表現出「不僅限於…」的含意。

例文

- 今回（こんかい）のインフルエンザの影響（えいきょう）はアジアにとどまらず、ヨーロッパ、アメリカ大陸（たいりく）にも及（およ）んでいる。
  這次的流行性感冒影響不僅限於亞洲，甚至擴及於歐美大陸。
- 人間（にんげん）の幼少期（ようしょうき）における経験（けいけん）は学生時代（がくせいじだい）だけにとどまらず、一生（いっしょう）左右（さゆう）する。
  人類幼童時期的體驗不光僅限於學生時期，還會影響一輩子。
- サブプライム住宅（じゅうたく）ローン危機（きき）はアメリカのみにとどまらず、世界各国（せかいかっこく）の金融市場（きんゆうしじょう）も深（ふか）く変（か）えてしまった。
  次級房屋借貸危機不僅限於美國，也連帶深刻地改變了全世界的金融市場。

実戦問題

人間の成長＿★＿ ＿＿ ＿＿ ＿＿メンタル面も含まれている。

1 フィジカル面　　2 は

3 とどまらず　　4 に

28 ～には及ばない

意味 ～する必要はない　沒有必要…；不需要…

接続 名詞／動詞辞書形 ＋には及ばない

説明

用以表示不必要、不需要去做某事。必須透過語氣及文意判斷是以客氣的語氣告知對方不需要這麼做，或是輕蔑地說明不值得這麼做。

例文

◆ 精密検査の結果が異常なしのため、ご心配には及びません。

由於詳細檢查的結果無異常，不需要擔心。

◆ 中学生程度の問題なら、別に先生に聞くには及ばない。

如果是國中程度的題目，就不需要特別去問老師了。

◆ あんなに弱いチームが相手だったら、レギュラーが出るには及ばない。

面對那麼弱的對手，就沒有必要派上陣中主力了。

重要

N3 相似文法「～ことはない」表示沒有必要做某事，前面接續動詞辭書形，「～には及ばない」除了動詞辭書形之外，還可直接接續名詞。

実戦問題

ちょっとした心ばかりのものだったのに、わざわざ____ ____ ____ ★ よ。

1 及ばない　　**2** には

3 頂いてしまう　　**4** お返しを

29 ～に越したことはない

意味 ～の方がいい　莫過於…：…是最好的

接続

名詞（である）／だった
ナ形（である）／だった
イ形普通形
動詞辞書形
＋に越したことはない

説明

表示前述事項為最好的狀態，大多用來表達常理認定最好的選項。

例文

◆ 人生100年時代、健康**に越したことはない**。

百歲人生，沒有什麼比健康更重要的事了。

◆ 財産は多い**に越したことはない**と思いがちだが、必ずしもお金が多ければ多いほど幸福であるとは限らない。

雖然一般人往往認為財富多最好，但其實未必越有錢就越幸福。

◆ 精神的疾患にかかったら、医者に診てもらう**に越したことはない**。

如果罹患精神方面的疾病，就醫是最好的。

実戦問題

「備えあれば患いなし」という諺にもあるように、＿＿＿　＿＿＿　＿＿＿　＿★＿。

1 十分に　　**2** 準備しておく

3 に　　**4** 越したことはない

30 ～にもまして

意味 ～以上に　比…更加…

接続 名詞 / 疑問詞 ＋にもまして

説明

表示程度上更甚某事，有過之而無不及。前接用來比較的名詞，或是「何」、「誰」、「いつ」、「どこ」等疑問詞。「何にもまして」為常見的慣用表現，意指「比什麼都還…」。

例文

◆ 弟（おとうと）は前（まえ）にもましてわがままになった。

我的弟弟比之前更加任性了。

◆ 去年（きょねん）も暖冬（だんとう）だったが、今年（ことし）の冬（ふゆ）は去年（きょねん）にもまして暖（あたた）かい。

去年雖然也是暖冬，但今年的冬天比起去年還更溫暖。

◆ 今年（ことし）も無事（ぶじ）に過（す）ごせたことは何（なに）にもましてうれしいことです。

能夠平安過完今年，是最令人開心的一件事。

実戦問題

優勝の＿＿＿　＿＿＿　＿★＿　＿＿＿がやっと報いられたことに感謝の気持ちが止まらない。

1 嬉しさ　　2 長年の

3 にもまして　　4 努力

31 ～にあって　書面語

意味 ～という場所・状況で　身處…

接続 名詞＋にあって

説明

表示置於某種處境或特殊狀況之下，是比「～で」和「～において」還生硬的用法。

例文

◆ 高度情報社会にあって、インターネットは不可欠なものです。

身處資訊快速流通的社會，網際網路必不可缺。

◆ 言葉の通じない外国にあって、一番ありがたいのは自分の言葉を解する人に会うことだ。

身處語言不通的國外，最慶幸的是能遇見聽得懂自己話語的人。

◆ 教師という職にあって、学生よりも自分の立場を重んじるなどもってのほかだ。

身為教師，把自己的立場看得比學生還重要，真是荒謬。

重要

衍生文法「～にあっては」意同「～では」，表示在某情況下，屬於順接用法。另一項衍生文法「～にあっても」意同「～でも」，表示雖然在某情況下卻發生意外結果，為逆接用法。

実戦問題

グローバル化する＿＿＿　＿＿＿　＿＿＿　★＿＿＿新たな知識を学ぶ心構えが必要である。

1 常に　　**2** あって　　**3** に　　**4** 社会

32 ～とあって　書面語

意味　～という事情なので　由於…

接続　名詞／動詞普通形　＋とあって

説明

前接原因、理由，用於說明後文觀察到特殊現象的發生背景，而且只能用於描述正在進行，或是已經發生的事。常見於新聞報導中。

例文

◆ 連休とあって、行楽地はどこも家族連れでにぎわっている。

由於是連假，遊樂勝地到處可見全家出遊，非常熱鬧。

◆ 4年に1度の市議会議員選挙とあって、市内はどこも旗とポスターだらけだ。

由於是4年1次的市議會議員選舉，市內到處都是旗幟及海報。

◆ 長男が結婚するとあって、全国から親戚が一同集まった。

由於是長子要結婚，來自全國的親戚們齊聚一堂。

重要

外觀相似的文法「～とあっては」表示在特殊情況下應該做某事、或自然引發的事情，為假設語氣，句尾多為「～ない」、「～はずがない」、「～ないわけにはいかない」等表現，用法與本文法不同，學習上須多加留意。

実戦問題

ゴールデンウイーク＿★＿ ＿＿＿ ＿＿＿ ＿＿＿だらけで、ゆっくりできない。

1 あって　**2** と　**3** どこも　**4** 観光客

33 ～あってのㅤ

意味 ～があるから～が成立する　有…才有…

接続 名詞＋あっての＋名詞

説明

前面接人物或事物相關名詞，強調後項是因為前項的存在才得以成立，意指「沒有前項，就沒有後項」。

例文

◆ 健康（けんこう）あっての仕事（しごと）だ。体（からだ）には十分（じゅうぶん）気（き）をつけよう。

有了健康才能工作。可要好好注意身體。

◆ ファンあってのスターなのだから、人気者（にんきもの）になったからといって傲慢（ごうまん）になってはいけない。

有影迷才有明星的存在，可別因為受歡迎就驕傲。

◆ 今（こん）シーズンの優勝（ゆうしょう）は選手（せんしゅ）の努力（どりょく）あってのことだ。

之所以能拿下今年球季的冠軍，都是因為選手們的努力。

重要

除了一般名詞之外，「～あっての」後面也可以接續「こと」或是「もの」。另外，本文法亦可寫成「～があっての」。

実戦問題

自分の＿＿＿　＿★＿　＿＿＿　＿＿＿課長に独り占めされ、悔しい限りだ。

1 あっての　　2 成果　　3 努力　　4 なのに

模擬試験

次の文の（　　）に入れるのに最もよいものを、1・2・3・4から一つ選びなさい。

1 今年は去年（　　）疫病が甚だしく拡大する見込みです。
1 に至るまで　**2** をめぐって　**3** に従って　**4** にもまして

2 イソップ物語は子供（　　）、大人にも考えさせる内容が含まれている。
1 にとどまらず　**2** に関わらず　**3** にもまして　**4** において

3 選挙に不正があった（　　）各地の騒ぎが収まらない。
1 にあって　**2** をもって　**3** とあって　**4** からして

4 国（　　）個人だ。私たちは国民としての義務を果たさなければなりません。
1 ある　**2** あっての　**3** あらざる　**4** あってに

5 鉄道事故の現場はみじめすぎて見る（　　）。
1 にたえない　**2** にとどまらず　**3** を兼ねて　**4** をよそに

6 ただ２人のもめごとなので、裁判（　　）だろう。
1 には及ばない　**2** にして　**3** をめぐって　**4** に足る

7 現代社会（　　）まだコミュニケーション能力の大事さがわからないなんて、時代遅れだね。
1 であって　**2** にあって　**3** とあって　**4** からあって

8 全国トーナメントで優勝したことは喜び（　　）。

1 にしては　　2 をかわきりに
3 にあたらない　　4 にたえない

9 人にとって、体と心の健康を維持する（　　）はない。

1 をよそに　　2 に越したこと
3 において　　4 にひきかえ

10 のどかな社会（　　）他人への思いやりや感謝の気持ちも不可欠なものだ。

1 とあって　　2 あっての　　3 にあって　　4 にして

11 きのう隣の赤ちゃんに泣かれて、寝る（　　）寝られなかった。

1 しか　　2 に　　3 を　　4 で

12 十数年の月日をかけ、やっと批判（　　）傑作を成し遂げた。

1 に堪えず　　2 に敵わない
3 に堪えない　　4 に堪える

13 幼馴染の悲報を聞き、悲しみ（　　）。

1 に堪えない　　2 に堪える
3 にもまして　　4 に限らず

14 干ばつ（　　）、農作物収穫量の減少で食料品の価格が高騰した。

1 であって　　2 はあって　　3 とあって　　4 からあって

15 あの監督の作品は定評があり、鑑賞（　　）。

1 を余儀なくされた　　2 を禁じえない
3 に堪える　　4 に至る

Checklist

- □ **34** ～つ～つ
- □ **35** ～であれ～であれ
- □ **36** ～といい～といい
- □ **37** ～といわず～といわず
- □ **38** ～というか～というか
- □ **39** ～なり～なり
- □ **40** ～（よ）うが／（よ）うと（も）
- □ **41** ～（よ）うが～（よ）うが
- □ **42** ～（よ）うが～まいが
- □ **43** ～（よ）うにも～ない
- □ **44** ～（よ）うものなら

34 ～つ～つ

意味 ～たり～たり　又…又…；互相…

接続 動詞~~ます~~＋つ＋動詞~~ます~~＋つ

説明

表示動作反覆來回、交互進行，形容「一會這樣一會那樣」，前後動詞須互為反義詞，或是同一動詞的主動形與被動形，後者常可譯成「互相…」。

例文

◆ 行こうか行くまいか。行き**つ**戻り**つ**考えた末、行かないことにした。

去或不去，反覆來回踱步想了又想的結果，決定不去了。

◆ 男の子が流した笹の葉は浮き**つ**沈み**つ**流れていった。

小男孩放入水中的竹葉，載浮載沉地漂走。

◆ 寒い夜は夫婦でさし**つ**さされ**つ**温かいお酒を酌み交わすのが楽しみです。

寒冷的夜晚裡夫婦相互斟著溫熱的酒品嘗，是一種樂趣。

重要

本文法屬於慣用表現，因此能套用的動詞有限。以下列舉常見用法：

前後動詞互為反義詞	同一動詞的主動形與被動形
行きつ戻りつ（走來走去） 浮きつ沈みつ（載浮載沉） 見えつ隠れつ（若隱若現）	抜きつ抜かれつ（勢均力敵） 持ちつ持たれつ（互相扶持） 追いつ追われつ（你追我趕） 押しつ押されつ（你推我擠）

実戦問題

人間とは＿＿＿　＿★＿　＿＿＿　＿＿＿生き物なのだ。

1 持ち　　**2** の　　**3** つ　　**4** 持たれつ

35 ～であれ～であれ　書面語

意味　～の場合も～の場合も　不論是…還是…

接続　名詞＋であれ＋名詞＋であれ

説明

列舉事例以說明後文的成立不受到前項的影響，帶有暗示其他未提及的同類情形也是如此之意。亦可寫成「～であろうと～であろうと」。

例文

◆ 現金であれ物であれ、もらえる物ならなんでもうれしい。

不論是現金還是物品，只要能收到東西，不管是什麼都令人開心。

◆ 出産予定日は来月の7日だ。男であれ女であれ健康で生まれてくれればそれでいい。

預產期是下個月7號。不論是男是女，只要能健康地生下來就好。

◆ 学生時代の恋愛であれ社内恋愛であれ、好きな人を思うせつない気持ちは同じです。

不論是學生時代的戀愛還是辦公室戀情，思念喜歡的人牽腸掛肚的心情都是相同的。

重要

「～であれ～であれ」與N2文法「～にしても～にしても／～にしろ～にしろ／～にせよ～にせよ」的意思類似，但語氣較為生硬。

実戦問題

就職であれ＿＿＿ ＿＿＿ ＿★＿ ＿＿＿は自分で決めるべきだ。

1 の　**2** 未来　**3** 自分　**4** 進学であれ

36 ～といい～といい

意味 ～も～も　無論是…還是…

接続 名詞＋といい＋名詞＋といい

説明

列舉兩項具體例子，用於描述對他人或事物所做的主觀評價或批判，同時暗示其他未提及的例子也是如此。

例文

◆ 花蓮（かれん）といい、墾丁（こんてい）といい、台湾（たいわん）には大自然（だいしぜん）とふれあえる観光地（かんこうち）が多（おお）い。

無論是花蓮還是墾丁，臺灣有很多能與大自然親近的觀光景點。

◆ 服（ふく）といいアクセサリーといい、彼（かれ）の身（み）につけている物（もの）はすべて有名（ゆうめい）なブランド品（ひん）だ。

無論是衣服還是飾品，他身上穿戴的東西全都是名牌。

◆ 校長（こうちょう）といい教頭（きょうとう）といい、この学校（がっこう）の教師（きょうし）は、自分（じぶん）の地位（ちい）ばかりを気（き）にして生徒（せいと）のことを考（かんが）えていない。

無論是校長還是教務主任，這所學校的老師都只在乎自己的地位，不會替學生著想。

重要

「～といい～といい」與「～であれ～であれ」的中文翻譯雖然同為「無論是…還是…」，但「～といい～といい」用於對人事物進行評價，「～であれ～であれ」則用於強調無論哪種情況都不會對後文陳述的事造成影響。

実戦問題

思いやりといい＿＿＿ ＿★＿ ＿＿＿ ＿＿＿ものだ。

1 責任感といい　**2** としては　**3** 人間　**4** 欠かせない

37 ～といわず～といわず

意味 ～も～もみんな　不管…或…

接続 名詞＋といわず＋名詞＋といわず

説明

前面隨意舉例兩項事物，用於強調包含這兩項事物在內，全部皆是如此。

例文

◆ 先日自転車から転倒して、腕といわず背中といわず、傷だらけになった。

前幾天我從腳踏車上摔下來，不管手臂或背部都是傷。

◆ 押し入れといわずたんすといわず、家中は泥棒に入られたようで、荒らされていた。

不管是衣櫃或壁櫥，家裡像遭小偷似地一片狼藉。

◆ あの人の家は床といわず便座といわず、いっさいがすべて黄金造りだそうです。

聽說那個人的家不管是地板或是馬桶座，全部都是用黃金打造。

重要

相似文法比較：

～であれ～であれ	不論哪種情形，皆不影響後文的成立。
～といい～といい	說話者對某人事物進行主觀評價。
～といわず～といわず	表示沒有區別，強調「全部」。

実戦問題

この病院は設備＿＿ ＿＿ ＿＿ ＿★＿技術をもって作り上げられた。

1 といわず　**2** 最先端の　**3** 全部　**4** 建物といわず

38 ～というか～というか

｜意味｜ ～といっていいか～といっていいか　該說是…還是說是…

｜接続｜

名詞
ナ形
イ形普通形
動詞普通形
＋というか＋
名詞
ナ形
イ形普通形
動詞普通形
＋というか

｜説明｜

用於說話者對於某人或某事，不知道該如何描述自己的感受時，列舉出兩種字眼來粗略表達自身想法。

｜例文｜

◆ 悪友の話を聞き、法の隙間を突くなんて、無謀というか大胆というか、実に小賢しい奴だ。

聽信壞朋友的話去鑽法律漏洞，該說是思慮不周還是大膽，真是個投機取巧的傢伙。

◆ 片思いの相手にかわいいって褒められ、嬉しいというか恥ずかしいというか、落ち着かなくなった。

被單戀的對象誇獎很可愛，不知該說是高興還是害羞，心裡冷靜不下來。

◆ 日系企業は顧客に配慮するというか単なる親切というか、このようなイメージが観光客の心に根ざしている。

日本企業有種不知該說是顧慮顧客，還是單純親切的印象深植觀光客心中。

｜実戦問題｜

戦争のニュースを見て、悲しみ＿★＿ ＿＿＿ ＿＿＿ ＿＿＿というか切ない気持ちになってしまった。

1 か　**2** 恐れ　**3** いう　**4** と

39 ～なり～なり

意味 ～でもいいし、～でもいい　…或是…

接続
名詞（＋助詞）／動詞辞書形 ＋なり＋ 名詞（＋助詞）／動詞辞書形 ＋なり

説明

列舉同類例子提供選擇或建議的做法等，同時暗示還有其他未提及的選擇。搭配動詞時，經常使用「～なり～なりする」之形式。須注意本句型不可對長輩使用。

例文

- 飲み物はすべてサービスです。ビールなりワインなりお好きなものをお召し上がりください。

  所有飲料一律免費，要喝啤酒或是葡萄酒，請隨喜好取用。

- 祖父の土地を売るとなると私の一存では決められません。家族になり親戚になり相談しないと。

  要賣爺爺的地並不是我個人的意見就能決定，得跟家人或親戚商量才行。

- 亜熱帯気候と言っても台北の冬は寒いんだから、暖房を入れるなり、ストーブをつけるなりすればいいのに。

  雖說是副熱帶氣候，臺北的冬天還是冷，要是能開暖氣或暖爐就好了。

実戦問題

投資と言ったら、株なり ＿★＿ ＿＿＿ ＿＿＿ ＿＿＿思い浮かべる。

1 不動産なり　　**2** こと

3 購入する　　**4** を

40 ～（よ）うが／（よ）うと（も） 書面語

意味 たとえ～したとしても　不管…

接続 名詞だろう
ナ形だろう
イ形かろう
動詞意向形　｝＋が／と（も）

説明

表示無論前述情況如何，後述事項都會成立。前半句常搭配「どんなに」、「たとえ」等詞語一起使用，後半句則多為表示決心、意志的句子，或是「～の勝手だ」、「～の自由だ」等形式。動詞意向形加「が」或「と（も）」時，相當於「動詞て形＋も」的書面語。

例文

◆ どこで何(なに)をしようが人(ひと)の勝手(かって)だから、余計(よけい)なことをしないでください。

在哪裡做什麼是他人的自由，請別多管閒事。

◆ 人(ひと)に何(なに)を言(い)われようと、自分(じぶん)らしく生(い)きたいと思(おも)っている。

不管別人怎麼說，我就是想活出自己的風采。

◆ どんなに反対(はんたい)されようとも、私(わたし)は絶対(ぜったい)に彼(かれ)と結婚(けっこん)する。

不管如何受到反對，我都絕對要和他結婚。

実戦問題

何が＿＿＿　＿★＿　＿＿＿　＿＿＿べきことは勉強である。

1 やる　**2** 学生の　**3** が　**4** あろう

41 ～（よ）うが～（よ）うが　書面語

意味 たとえ～としても　不管…或…

接続

名詞だろう ナ形だろう イ形かろう 動詞意向形	＋が＋	名詞だろう ナ形だろう イ形かろう 動詞意向形	＋が

説明

用法類似先前介紹的文法「～（よ）うが」，藉由列舉兩個相反或是同類的例子，表示後述情形無論如何都不受影響。除了「～（よ）うが～（よ）うが」之外，也可以寫成「～（よ）うと～（よ）うと」，兩者用法相同。

例文

◆ イスラエルでは、男だろうが、女だろうが、兵役に就かなければならないという。

聽說在以色列，不管男性或女性都要服兵役。

◆ 高かろうと安かろうと、必要なものは、買わなきゃ。

不管貴或便宜，必要的東西非買不可。

◆ 妹は一度眠りについたら、雷が落ちようが地震が起ころうが、絶対に目を覚ましません。

妹妹一旦睡著，不管打雷還是地震，都絕對不會醒。

実戦問題

貴族＿＿＿　＿★＿　＿＿＿　＿＿＿べきだ。

1 庶民であろうが　　　2 法に

3 従う　　　4 であろうが

42　～（よ）うが～まいが　　書面語

｜意味｜　～しても～しなくても関係なく　不管…或不…，都…

｜接続｜　動詞意向形＋が＋動詞辞書形＋まいが

｜説明｜

前後為同一動詞的正反語意，表示某項動作成立也好、不成立也好，都無法動搖後面所述結論或行動，語氣極為堅定。此外，亦可寫成「～（よ）うと～まいと」。

｜例文｜

◆ A：昨日(きのう)の夜(よる)、電話(でんわ)したんだけど、家(いえ)にいなかったね。

　昨晚打了電話給你，可是你不在家呢。

　B：家(いえ)にいようがいまいが私(わたし)の勝手(かって)でしょう。

　要在家或不在家是我的自由吧。

◆ アルコールを飲(の)もうが飲(の)むまいが、会費(かいひ)は一律(いちりつ)3000円(さんぜんえん)です。

　不管喝不喝酒，聚餐費一律3000日圓。

◆ ベストを尽(つ)くせば、成功(せいこう)しようとしまいと私(わたし)は後悔(こうかい)していない。

　只要盡了最大努力，不管成功或失敗我都不會後悔。

重要

第Ⅰ類動詞	第Ⅱ類動詞	第Ⅲ類動詞
辭書形＋まい	辭書形／動詞~~ます~~＋まい	不規則變化＋まい
飲むまい 行くまい	食べるまい／食べまい いるまい／いまい	するまい／しまい／すまい くるまい／こまい

｜実戦問題｜

会社に＿★＿　＿＿＿　＿＿＿　＿＿＿連絡をとっておかねばならない。

1 こようが　　**2** 上司　　**3** こまいが　　**4** に

43 ～（よ）うにも～ない

意味 ～したくても～できない　就算想…也沒辦法

接続 動詞意向形＋にも＋動詞可能否定形

説明

強調即使有意願，也因為某些原因、理由而無法進行動作，為假設性的說法，前後多為同一動詞的意向形和可能否定形。

例文

◆ 地震でＭＲＴをはじめ公共交通機関がストップしてしまった。これでは、会社へ行こうにも行けない。

捷運等各項大眾運輸工具都因地震停駛。這麼一來就算想去上班也沒辦法去。

◆ 彼は怒ると私の話を全く聞こうとしないので、謝ろうにも謝れない。

他生起氣來一句話也不肯聽我講，就算想道歉也沒辦法道歉。

◆ 電話番号も住所もわからなかったので、連絡しようにもできなかったのです。

我連電話號碼、地址都不知道，就算想聯絡也沒辦法。

重要

如果接續する動詞，後半的動詞可能否定形通常會省略する動詞的名詞部分，只留下「できない」，以出現於例句的「連絡する」為例：

連絡しようにも（連絡）できない

実戦問題

突然の停電で＿＿＿＿ ＿＿＿＿ ＿＿＿＿ ＿★＿できない。

1 試験の　　2 準備を　　3 にも　　4 しよう

44 ～（よ）うものなら

意味 もし～したら　要是…的話

接続 動詞意向形＋ものなら

説明

表示假設真有如此舉動，屆時可能會產生後文提示的不好情形，屬於略帶誇大的用法。口語會話當中常說「～（よ）うもんなら」。

例文

◆ 今日(きょう)の試験(しけん)で失敗(しっぱい)しようものなら、今(いま)までの努力(どりょく)が無駄(むだ)になってしまう。

要是今天的考試失敗的話，之前的努力就都白費了。

◆ あの先生(せんせい)はとても厳(きび)しい。宿題(しゅくだい)を忘(わす)れようものなら、授業(じゅぎょう)を受(う)けさせてもらえない。

那位老師非常嚴格，要是忘記寫作業的話，就無法上他的課。

◆ 部長(ぶちょう)は口(くち)うるさい。仕事中(しごとちゅう)にちょっと私用電話(しようでんわ)をかけようものなら、一日(いちにち)文句(もんく)を言(い)い続(つづ)ける。

經理非常囉唆，要是工作中稍微打一下私人電話，就會被他嘮叨一整天。

重要

「～（よ）うものなら」與N2文法「～ものなら」外觀非常相似，但在N2介紹的「～ものなら」前接動詞可能形，且多以「～たい」結尾，表示說話者對於實現可能性不高的事物之期待或願望，意思和用法皆與本文法不同。

実戦問題

今回の面接でまた不採用の＿＿　＿★＿　＿＿　＿＿、いっそ国へ帰ったほうがましだ。

1 出よう　　**2** 結果　　**3** ものなら　　**4** が

模擬試験

次の文の（　　）に入れるのに最もよいものを、1・2・3・4から一つ選びなさい。

1 人との付き合い（　　）仕事ぶり（　　）世界はスマホによって大きく変貌を遂げた。

1 といわず、といわず　**2** というか、というか
3 なり、なり　**4** つ、つ

2 連日の夜ふかしのせいか早起きし（　　）でき（　　）。

1 ようにも、する　**2** ようにも、ない
3 なり、なり　**4** といい、といい

3 彼女は仕草（　　）言葉遣い（　　）上流階級の生まれ育ちだと感じさせる。

1 つつ、つつ　**2** なり、なり　**3** つ、つ　**4** といい、といい

4 先週熱のせいで起き（　　）眠り（　　）ベッドから降りられなかった。

1 つ、つ　**2** たり、たり　**3** といい、といい　**4** であれ、であれ

5 感染拡大が進もう（　　）、中央政府は町を封鎖するといった非常手段をとるかもしれない。

1 にしては　**2** たりとも　**3** ものなら　**4** とあって

6 県外の大学に進学し（　　）し（　　）いずれ両親の保護から独立せざるをえない日が来る。

1 つ、つ　**2** ようが、まいが　**3** であれ、であれ　**4** つつ、つつ

7 警察は暑（　　）寒（　　）いつも私たちの安全を守ってくれて、本当にありがたい。

1 かろうが、かろうが　**2** かろうに、かろうに
3 かろうな、かろうな　**4** かろうで、かろうで

8 いくら状況が不利に（　　）歯を食いしばって潜り抜けるつもりだ。
1 なろうが　**2** なろうに　**3** なろうで　**4** なろう

9 ジムに入会したら、トレーニング機材（　　）蒸し風呂（　　）使い放題だそうだよ。
1 というか、というか　**2** なり、なり
3 たり、たり　**4** つ、つ

10 ホワイトカラー（　　）ブルーカラー（　　）ちゃんと自分のやるべきことをやったら、みなまっとうな人間だ。
1 たり、たり　**2** であれ、であれ　**3** つ、つ　**4** で、で

11 あのとき上司に歯向かったとは意気地（　　）短慮（　　）若さゆえの過ちというものなのか。
1 なり、なり　**2** つ、つ
3 というか、というか　**4** であれ、であれ

12 彼は危険が（　　）けが人が出たら必ず助けにいくという性分の持ち主だ。
1 あろうで　**2** あろうに　**3** あろうと　**4** あろうな

13 近道をすると思いきや土砂崩れで（　　）。
1 通ろうで通れない　**2** 通ろうで通れる
3 通ろうにも通れない　**4** 通ろうにも通れる

14 一人で悩まないで、親友に（　　）先生に（　　）相談したほうがいいじゃない？
1 なりに、なりに　**2** なり、なり　**3** なら、なら　**4** なしに、なしに

15 栄養サプリメントは体にいいからといって、摂りすぎ（　　）逆に害があるよ。
1 ようが　**2** ようと　**3** ようでは　**4** ようものなら

Checklist

- □ 45 ～極まる／極まりない
- □ 46 ～の極み
- □ 47 ～の至り
- □ 48 ～からある／からする／からの
- □ 49 ～ずくめ
- □ 50 ～たる
- □ 51 ～めく
- □ 52 ～いかんで／いかんでは
- □ 53 ～いかんにかかわらず／いかんによらず
- □ 54 ～なくして（は）／なしに（は）
- □ 55 ～ならでは

45 ～極まる／～極まりない　書面語

意味 非常に～だ　…至極

接続 ナ形　＋極まる

ナ形（＋なこと）／イ形い＋こと　＋極まりない

説明

兩者意思皆為「非常的」。前面多接續漢語ナ形容詞，強調某事物程度到達極致，為說話者的主觀評價，多為負面用法。須注意「～極まる」只能接ナ形容詞。

例文

◆ あの店員の接客態度は不愉快極まる。

那位店員接待顧客的態度真是令人不快至極。

◆ 初対面の人に対してタメ口を使うとは、失礼極まりない。

對初次見面的人使用平輩用語，真是失禮至極。

◆ 大統領の軽率極まりない発言に、国内ばかりか海外からも批判の声が上がった。

對於總統輕率至極的發言，不光是國內，連國外也響起了批判的聲浪。

重要

本文法慣用表現「感極まる」意指非常感動，屬於正面用法。

◆ 私は先生の言葉に感極まって泣いてしまった。

老師的一番話讓我非常感動而落淚。

実戦問題

勝っていた試合が負ける始末になったなんて＿＿＿ ＿★＿ ＿＿＿ ＿＿＿。

1 無能　　2 として　　3 極まる　　4 監督

46 ～の極み　書面語

意味 最高に～だ　…至極；…的極致

接続 名詞＋の極み

説明

表示極致，常見於報章廣告、小說標題等，屬於較舊式的說法。前面可接續「喜び」、「悲しみ」、「幸せ」、「痛恨」、「感激」等詞語。

例文

◆ 今回の事故で亡くなられた方々のことを思うと、痛恨の極みであります。

想到因這次事故去世的人士，就感到痛心至極。

◆ 美しい庭園や天守閣を特徴とするお城は日本の伝統建築美の極みと言えよう。

以美麗的庭園和天守閣為特徵的城池，可說是日本傳統建築之美的極致吧。

◆ 株式投資には先見の目が必要だ。不況の極みの大幅安値で株を手放していては大損するのみだ。

投資股票要有先見之明。在最不景氣、價格大幅滑落時將股票脫手，只會損失慘重。

重要

本文法常見的慣用表現還有「贅沢の極み」和「疲労の極み」，前者意指極其奢侈，後者意指極其疲憊。

実戦問題

まさかこれがあのキャビアの惜しみなく＿＿＿＿　＿＿＿＿　＿＿＿＿　＿★＿パンなのか。

1 沢山　**2** 贅沢の　**3** 入った　**4** 極みの

47 ～の至り　書面語

｜意味｜ 最高に～だ　…之至；…至極

｜接続｜ 名詞＋の至り

｜説明｜

多作為慣用表現，前面主要接續「光栄」、「感激」、「恐縮」等表示感情的詞語，形容內心感受的最大程度。雖然為書面語，但也可以用於正式場合的對話中。

｜例文｜

◆ 向寒のみぎり、貴社ますますご繁栄のことと欣喜**の至り**に存じます。
初冬時節，為貴公司日益繁盛感到欣喜至極。

◆ ご多忙な各位の貴重な時間を頂戴いたしますのは恐縮**の至り**でございます。
承蒙各位在百忙之中撥冗前來，不勝惶恐之至。

◆ A 市と B 市が友好関係を打ち立て、国際交流に貢献してほしいものです。私がそのささやかな一助にでもなれば、光栄**の至り**です。
希望 A 市和 B 市建立友好關係，為國際交流做出貢獻。如果我能為此略盡棉薄之力，真是光榮至極。

重要

本文法常見的慣用表現還有「若気の至り」和「汗顔の至り」，前者意指年輕氣盛，後者意指慚愧至極。

｜実戦問題｜

自分が深く愛する人と結婚できること ★ ＿＿ ＿＿ ＿＿とは思いませんか。

1 の至り　**2** は　**3** 幸せ　**4** の人生

48 ～からある／からする／からの

｜意味｜ ～ぐらいか、それ以上～　多達…

｜接続｜ 数量詞＋からある／からする／からの

｜説明｜

前接數量詞，強調某事物的數量之多或之大。「～からある」多用於表示長度、重量等單位，「～からする」表示金額或價值，「～からの」則表示人數。

｜例文｜

◆ 調子のいい日は1日30キロ**からある**距離を走れる。

身體狀況好的日子我1天可以跑長達30公里的距離。

◆ 田中さんは400万円**からする**車を現金で買ったそうです。

聽說田中先生以現金購買了高達400萬日圓的車子。

◆ 社長の娘さんの披露宴には600人**からの**人がお祝いに行ったそうだ。

據說總經理女兒的婚宴上有多達600位賓客到場祝賀。

重要

外觀相似的N2文法「～からすると」表示從某觀點的判斷或看法，意思和用法與本文法完全不同，學習時須多留意。

｜実戦問題｜

台北には＿＿＿　＿＿＿　＿★＿　＿＿＿は珍しくないという。

1 マンション　　**2** からする

3 1億元　　**4** 新築の

49 ～ずくめ

｜意味｜ ～ばかり　清一色…；都是…

｜接続｜ 名詞＋ずくめ

｜説明｜

接尾語，前面多搭配固定的名詞作為慣用表現使用，表示充斥著單一事物。常見的有「黒ずくめ」、「～ことずくめ」等，可用於描述正負面事物。

｜例文｜

◆ 彼はちょっと変わった人で、毎日黒ずくめの服を着ている。

他這個人有點奇怪，每天都穿著一身黑的衣服。

◆ 最近たくさんの友達から結婚式の招待状をもらう。おめでたいことずくめなのはけっこうだが、お祝いを準備するのも大変だ。

最近收到好多朋友的婚禮邀請函，雖然全都是喜事很不錯，但要準備賀禮也不輕鬆。

◆ ホストマザーは毎日ご馳走ずくめの夕食を作ってくれた。

寄宿家庭的媽媽每天都替我煮了豐盛的晚餐。

重 要

相似文法「～だらけ」前接詞語範圍最廣，可描述正負面事物，不過多用於負面描述。另一項相似文法「～まみれ」前面多接續「泥」、「汗」、「血」等特定名詞，且只用於負面描述。

｜実戦問題｜

公務員試験に合格したし、恋人にプロポーズされたし、＿＿＿ ＿＿＿ ＿＿＿ ＿★＿だ。

1 ずくめ　　**2** こと　　**3** いい　　**4** 最近

50 ～たる　書面語

意味　～の立場にある　身為…

接続　名詞＋たる

説明

前接身分、地位、資格等，說明與其身分程度相當者，應具備何種風範或採取何種行動。後方接續的名詞通常為「者（もの）」。經常搭配「～なければならない」或「～べきだ」等文法一起使用。

例文

◆ 教師たる者、生徒の模範でなければならない。

身為教師，必須作學生的榜樣。

◆ 子育ては親たる者の当然の責任です。

養育小孩是身為父母親理所當然的職責。

◆ 国家軍人たる者は、国民の利益を最優先し、国のために自己犠牲を厭わないくらいの覚悟を持ってもらいたい。

希望身為國軍的人，能有以國民的利益為最優先、為國家不惜犧牲自己的覺悟。

実戦問題

プロジェクトリーダー＿★＿ ＿＿＿ ＿＿＿ ＿＿＿だけでなく、チーム構成員各々の向き不向きをも考えるべきだ。

1 把握する　**2** たる　**3** 進捗を　**4** 者は

51 ～めく

意味 ～らしい；～の感じがする　…似的；帶有…的感覺

接続 名詞＋めく

説明

接在特定名詞後，作為動詞使用，表示帶有某種氛圍、感覺。常見的有關於季節的「春めく」和「秋めく」，以及「謎めく」、「冗談めく」、「皮肉めく」等詞語。

例文

◆ 日に日に春めいてまいりました。いかがお過ごしですか。

春意漸濃，近日可好？

◆ 彼女は冗談めいた言い方で僕に告白した。

她以略帶玩笑的口吻向我告白。

◆ 作家三島由紀夫の謎めいた私生活は彼の死後なお、語り継がれている。

作家三島由紀夫謎一般的私生活在他過世之後依然不斷地被談論著。

重要

「～めく」的活用變化同第一類動詞。修飾後方名詞時，使用「名詞＋めいた＋名詞」之形式。

実戦問題

この時期だったら故郷の紅葉が赤くなり、＿＿＿ ＿＿＿ ＿★＿ ＿＿＿だ。

1 めいて　**2** はず　**3** きた　**4** 秋

52 ～いかんで／いかんでは　書面語

意味　～によって　視…而定；根據…

接続　名詞（の）＋ いかんで／いかんでは

説明

「いかん」的意思為「如何」。「～いかんで」前接關鍵事物，意指其變動將直接左右後項的變化，意思類似文法「～次第で」。「～いかんでは」則用來強調可能發生的其中一種狀況。

例文

◆ 話し方いかんで、人の気持ちは変わるのだから、言葉には気をつけなければならない。

根據說法不同，人的心情也會不一樣，因此說話必須謹慎才行。

◆ 独裁政治の国家では、首相のいかんで、国の政策も大きく変わる。

在獨裁政體的國家，國家政策也會根據首相大為改變。

◆ 今後の状況いかんでは工事を延長することもある。

視今後的狀況，也有可能延長施工。

重要

「～いかんで／いかんでは」亦可寫成「～いかんによって／いかんによっては」。

実戦問題

仕事ぶり＿★＿ ＿＿ ＿＿ ＿＿可能性もあるというのは企業側からすると都合のいいことだろう。

1 によっては　　**2** いかん

3 中止する　　**4** 契約を

53 ～いかんにかかわらず／いかんによらず

意味 ～と関係なく　不論…

接続 名詞（の）＋いかんにかかわらず／いかんによらず

説明

表示無論前項的原因如何，後項依然會成立。前面經常接續「理由」、「結果」、「天候」等名詞。意思類似文法「～にかかわらず」，但語氣上較為生硬。

例文

◆ 当日の天候のいかんにかかわらず、9時に現地集合です。

不論當天天氣如何，9點都要到現場集合。

◆ 選挙の結果いかんによらず、選挙違反や不正行為のあった者に議員になる資格はないのではないか。

不論選舉結果為何，有違反選舉法或舞弊行為的人沒有資格成為議員，不是嗎？

◆ 理由のいかんによらず、遅刻や欠席は認めません。

不論理由為何，都不准遲到及缺席。

実戦問題

次期＿＿＿ ＿＿＿ ＿＿＿ ＿★＿、年金改革に関わる法案を引き続き推進したほうが全国民のためではないだろうか。

1 によらず　　**2** 国会選挙の

3 結果　　**4** いかん

54 ～なくして（は）／なしに（は）

意味 ～がなければ、～ができない　沒有…就無法…

接続 名詞 / 動詞辞書形＋こと ＋なくして（は）／なしに（は）

説明

強調若是少了某項前提，後述情況便難以成立，屬於條件句。後面接續「～ない」或「～できない」等否定表現。語氣上「～なくして（は）」較「～なしに（は）」生硬，因此口語會話多使用「～なしに（は）」。

例文

◆ 頼（たの）もしい先輩（せんぱい）たちなくして、このプロジェクトを成功（せいこう）させるのは不可能（ふかのう）だ。

沒有可靠的前輩們，這個計畫就不可能成功。

◆ このイベントは事前申（じぜんもう）し込みなしに参加（さんか）することはできません。

這場活動沒有事先報名就無法參加。

◆ 国民（こくみん）の同意（どうい）なしには税制改革（ぜいせいかいかく）など有（あ）り得（え）ない。

沒有國民的同意，稅制改革等就不可能實施。

実戦問題

IPS 細胞＿＿＿ ＿★＿ ＿＿＿ ＿＿＿領域を更に高めることは不可能だと思われている。

1 なしに　　**2** など　　**3** 再生医療　　**4** の

55 ～ならでは

意味 ～でなければ、～ない　只有…；非…（便無法…）

接続 名詞＋ならでは

説明

前面接續人物或場所等名詞，說明只有某人事物才有的特徵，後文為對其的讚賞或評價，屬於限定表現。修飾名詞時使用「～ならではの＋名詞」之形式，意指「唯有…才有的…」。

例文

◆ せっかく留学するのだから、現地**ならでは**の学べない知識を身につけたい。
好不容易出國留學，希望能學習只有在當地才學得到的知識。

◆ 当旅館の全室から四季のはっきりした日本**ならでは**の風景をお楽しみいただけます。
從本旅館所有客房都能欣賞四季分明的日本獨有的景色。

◆ 先日のミーティングで部長は様々なアイデアを出した。ベテラン**ならでは**のアドバイスである。
經理在前陣子的會議中提出各種想法，是唯有老鳥才想得出的建議。

実戦問題

せっかくボストンから来た友人に＿＿＿ ＿＿＿ ＿★＿ ＿＿＿を見せたくて、お寺とか夜市とかへ連れて行ってあげた。

1 の　　**2** ならでは　　**3** 景色　　**4** 台湾

模擬試験

次の文の（　　）に入れるのに最もよいものを、1・2・3・4から一つ選びなさい。

1 社内に彼の皮肉（　　）言い方にあきれている人が少なくない。

1 なのに　**2** ときたら　**3** ばかり　**4** めいた

2 この領域で高名な先生に褒めていただき、喜び（　　）です。

1 のはじめ　**2** のところ　**3** の至り　**4** のいかん

3 数人しかいない会社から千人（　　）社員を有する会社にまで成長した。さぞ感無量でしょう。

1 からして　**2** からには　**3** から　**4** からの

4 あの人は毎日黒（　　）の服を着ている変人だと言われるけど、実際に話してみるとかなり優しい人だね。

1 すくめ　**2** ずくめ　**3** すぐめ　**4** ずぐめ

5 このシリーズはいろいろなことを経験した大人（　　）の味わえる作品だと言われている。

1 いかんで　**2** ならでは　**3** あって　**4** なくして

6 価格につきましては、弊社は新商品の入荷数（　　）定価を決める方針なので、今のところはまだ決めていません。

1 を皮切りに　**2** をよそに
3 いかんによって　**4** に沿って

7 「考えとく」って言っただけで店員に無視され、不快（　　）経験だ。

1 限らない　**2** 極まり　**3** 限る　**4** 極まりない

8 見栄のためか、1回の食事に30品もの料理を出すとはいわば豪華（　　）盛宴だ。

1 極まる　　**2** っこない　　**3** からする　　**4** ところだ

9 中国の古典に「将軍（　　）者は、表には常に平静を保つべし」という言葉があるらしいよ。

1 だったら　　**2** たら　　**3** たる　　**4** たり

10 飛行機事故で愛する人を亡くし、悲しみ（　　）だ。

1 の極み　　**2** を極み　　**3** に極み　　**4** 極まない

11 フェイディピデスという兵士は40キロメートル（　　）長距離を駆け抜け、力尽きて倒れてしまった。

1 からして　　**2** からある　　**3** からといって　　**4** から

12 個人投資家は往々にしてうわさばなし（　　）株を買ったり売ったりするから、儲かることもあるけど、おそらく損するほうが多いだろう。

1 いかんで　　**2** いかに　　**3** とともに　　**4** に応じて

13 100億円近い規模の開発案なら、社長の認め（　　）契約を結ぶわけにはいかない。

1 に代わって　　**2** をもって　　**3** とあって　　**4** なくして

14 大学入試は文理（　　）、英語は必須です。

1 なしに　　**2** にかかわり

3 いかんにかかわらず　　**4** にして

15 進捗状況（　　）納期の目安を前もって隠すことなく上司に報告しておかなければならない。

1 いかんによらず　**2** をもって　　**3** が欠けず　　**4** を兼ねて

Checklist

- ☐ 56 ～とばかり（に）
- ☐ 57 ～とはいえ
- ☐ 58 ～といえども
- ☐ 59 ～というもの
- ☐ 60 ～と言っても過言ではない
- ☐ 61 ～といったらない
- ☐ 62 ～ときたら
- ☐ 63 ～と思いきや
- ☐ 64 ～とは
- ☐ 65 ～とあれば
- ☐ 66 ～と相まって

56 ～とばかり（に）　書面語

意味　～と言いたいような様子で　彷彿在說…；…的樣子

接続　文＋とばかり（に）

説明

前面接句子，說話者認為對方雖然沒有明說，卻顯現出該種樣子或態度。須注意此說法只能用來描述他人，無法用於說話者自己。另外，「～とばかり（に）」也可以寫成「～と言わんばかり（に）」之形式，兩者意思相同。

例文

◆ 彼女はお年寄りが目の前に立っても、席を譲るどころか、私には関係ないとばかりに寝たふりをし始めた。

即使年長者就站在眼前，她別說讓座了，還一臉事不關己似地開始裝睡。

◆ 子犬たちは餌の準備を始めると、すぐに足元にやってきて、早く食わせろとばかりに大騒ぎします。

每當開始幫小狗們準備食物，牠們就會馬上跑來腳邊，好像表示趕快給我們吃的樣子亂成一團。

◆ 彼が姿を現すと、大勢のファンは待っていましたと言わんばかりに歓声をあげた。

他一現身，大批粉絲彷彿期待已久般地高聲歡呼。

実戦問題

彼は「こんな仕事やっていられない」＿＿ ★ ＿＿ ＿＿投げ、事務所を出ていった。

1 ばかりに　　**2** と

3 ファイルを　　**4** 机に

57 ～とはいえ　書面語

意味 ～だが　雖說…

接続
名詞普通形／（だ）
ナ形普通形
イ形普通形
動詞普通形
＋とはいえ

説明

表示事實與前項給予他人的印象、預想不同，後接說話者的說明、判斷或意見。意思等同文法「～といっても」。

例文

◆ キムさんは韓国人とはいえ、小学校の頃からアメリカで現地の学校へ通っていたので韓国語はあまりできません。

雖說金先生是韓國人，但從國小就上美國當地的學校，所以不太會韓文。

◆ 刃物は危険だとはいえ、全く子供に触らせないのはよくありません。

雖說刀具危險，但完全不讓小孩接觸也不太好。

◆ 人はみな自分の健康は自分で管理しなければならない。中学生とはいえ、例外ではない。

每個人都必須做自我健康管理，即使是國中生也不例外。

実戦問題

親の＿＿＿＿ ＿★＿ ＿＿＿＿ ＿＿＿＿、さほどの会社ではありません。

1 継ぐ　**2** 仕事　**3** とはいえ　**4** を

58　～といえども　　書面語

意味　～でも　雖說…；即使…

接続

名詞普通形／（だ）
ナ形普通形／（だ）
イ形普通形
動詞普通形
＋といえども

説明

舉出一個例子，推翻該人物、事物或情況給外界的某種既定印象，後接出乎想像外的實際狀況或說明。「～といえども」用於正式場合及文章當中，如果是口語對話則使用「～でも」替換。

例文

◆ プロといえども時に失敗することがあります。
即使是專家也偶爾會失敗。

◆ 亜熱帯気候に属する台湾といえども、冬は高い山で雪が降ることがある。
雖說臺灣屬於副熱帶氣候，冬天高山有時也會下雪。

◆ ひいおばあちゃんは老いたといえども記憶力は衰えない。
曾祖母雖老記憶力卻不減。

実戦問題

物理学の＿＿＿　＿＿＿　＿＿＿　＿★＿この領域にわからないことがまだまだあります。

1 博士号を　**2** いえども　**3** と　**4** とった

59 ～というもの

| 意味 | ～という長い間　在…期間

| 接続 | 名詞＋というもの

| 説明 |

前接時間或期間相關的名詞，用來強調某件事持續至今好一陣子，後接該段期間持續的行為。時間名詞前面經常搭配「ここ」或「この」一起使用。

| 例文 |

◆ 松岡くんはここ 4 日間というもの、下痢をしているようです。

松岡同學這 4 天好像一直拉肚子。

◆ この 10 年というもの、経済発展による社会的な変化や環境破壊を見てきた。

這 10 年來，我目睹了因為經濟發展而產生的社會變化與環境破壞。

◆ 燻製作りが始まってから数時間というもの、煙は立ち昇り続けます。

煙燻的製程從生火開始後會持續數小時一直冒煙。

重要

本文法與置於句尾的 N2 文法「～というものだ」外觀類似，但「～というものだ」為表示說話者針對某事物發表主觀想法，用法與本文法完全不同，學習時須多加留意。

| 実戦問題 |

彼は＿＿＿ ＿★＿ ＿＿＿ ＿＿＿研究に一筋に努力してきた。

1 20 年　　**2** というもの

3 の　　**4** 再生医療

60 ～と言っても過言ではない　書面語

意味 ～といっても言いすぎではない　…這麼說也不為過

接続

名詞普通形／（だ）
ナ形普通形／（だ）
イ形普通形
動詞普通形
＋と言っても過言ではない

説明

此句型常用一種較誇大的方式，來呈現強調的語感。表示說話者認為即使稍微誇張一點的說法，也不算太言過其實。

例文

◆ アインシュタインは数多くの先端的な理論を提唱したことでよく知られている。「２０世紀科学者としての第一人者」と言っても過言ではない。

愛因斯坦提出眾多先進的理論而為人所知，即使說他是「20 世紀第一的科學家」也不為過。

◆ 車なら「ベンツ」と言っても過言ではない。性能といい高級感といいあらゆる面から見て言い分がない。

提到汽車就想到賓士這個品牌，這麼說也不為過吧。不管性能或是高級感，各個層面看來都無可挑剔。

◆ どんな困難に向かっても乗り越えられる人は心のなかに「信念がある」からだと言っても過言ではない。

不管面對任何困難都能克服的人，可以說是因為心中懷有信念也不為過。

実戦問題

人間が地球を支配できることは他の動物にない「高度な知恵」と「協力し合う意識」が＿＿ ＿＿ ＿＿ ＿★＿。

1 過言ではない　**2** と　**3** ある　**4** 言っても

61 ～といったらない

意味 とても～　真是…

接続 名詞／イ形い ＋といったらない

説明

表示某個程度無法用言語形容，前接形容詞或是關於感受、狀態的名詞，常使用由形容詞轉化的名詞，例如「寂しさ」等。「～といったらない」可用於描述正負面情況，但是另一個說法「～といったらありはしない」則只能用於負面情況。

例文

◆ 失敗を恐れず果敢に挑む先輩の頼もしさといったらない。

不怕失敗且勇於挑戰的前輩，真是值得依賴。

◆ テスト中、あまりの緊張におならをしてしまった。その時の恥ずかしさといったらなかった。

考試中，因為太緊張而放屁，真是太糗了。

◆ エアコンのない部屋は暑いといったらありはしない。

沒有空調的房間別提有多熱了。

重要

口語對話中，「～といったらない」可說成「～ったらない」，「～といったらありはしない」則可說成「～といったらありゃしない」。

実戦問題

ずっと前から興味を持っていた展覧会の出展＿＿ ★ ＿＿ ＿＿。

1 誘われた　　**2** に

3 といったらない　　**4** 嬉しさ

62 ～ときたら

意味 ～は　說到…

接続 名詞＋ときたら

説明

表示隨口提起話題，後面緊接著敘述對該話題的不滿或責備。通常用於說話者身邊熟悉的人事物，屬於負面用法，常見於口語對話當中。

例文

◆ 息子の部屋ときたら、足の踏み場もないほど散らかっている。

說到我兒子的房間，簡直亂到沒有站的地方。

◆ 最近の若者ときたら、敬語が使えない人が少なくない。

說到最近的年輕人，有不少人都不會用敬語。

◆ うちの部活の部長ときたら、いつも遅刻してばかりで、ほかの幹部に迷惑をかけている。

說到我們社團的社長，老是遲到，給其他幹部添麻煩。

重要

如果是不須多加說明也能推測的情況下，可以省略「～ときたら」後面的內容。

◆ 長男の部屋はいつもきれいなのに、次男の部屋ときたら…。

大兒子的房間總是很乾淨，但二兒子卻……。

実戦問題

うちの＿＿＿　＿＿＿　＿★＿　＿＿＿持ちつ持たれつの意識があまりない。

1 学生　　**2** で

3 自己中心的　　**4** ときたら

63 ～と思いきや　書面語

意味　～と思ったら、そうではなくて　原以為…

接続
名詞普通形
ナ形普通形
イ形普通形
動詞普通形
＋と思いきや

説明

表示事情的演變出乎原先預料，而令說話者感到意外、驚訝，屬於比較舊式的說法。「～と思いきや」前面也可以加上「か」或「だろう」表示推測，後接不同於想像的實際情形。須留意雖然「～と思いきや」是書面語，但不能使用於論文、新聞報導等正式的文章當中。

例文

◆ 父(ちち)は寝(ね)ているだろうと思(おも)いきや、ずっと起(お)きていた。
原以為父親已經睡著了，沒想到他一直醒著。

◆ 今日(きょう)は午後(ごご)からだんだん寒(さむ)くなるかと思(おも)いきや、とても暖(あたた)かい一日(いちにち)だった。
原以為今天從下午開始會逐漸變冷，沒想到一整天都很溫暖。

◆ 彼女(かのじょ)は「行(い)けたら行(い)く」と返信(へんしん)したので、飲(の)み会(かい)に来(く)ると思(おも)いきや、実(じつ)はそれは「行(い)かない」という意味(いみ)だった。
因為她回覆「能去的話就會去」，所以原以為她會來喝酒聚會，沒想到其實那是「不會去」的意思。

実戦問題

プロのチームがアマチュアを相手に＿★＿ ＿＿＿ ＿＿＿ ＿＿＿、まさかの苦戦に陥ってしまった。

1 思いきや　**2** と　**3** して　**4** 楽勝だ

64 ～とは

意味 ～なんて　竟然…

接続

名詞普通形
ナ形普通形
イ形普通形
動詞普通形 ＋とは

説明

表示說話者對某件意想不到的事情感到驚訝，或是有所感嘆。在口語對話當中，「～とは」可以替換成「～なんて」。此外，「～とは」後面的內容有時亦可省略。

例文

◆ サッカーワールドカップであの国（くに）が準決勝（じゅんけっしょう）に進（すす）める**とは**全（まった）く驚（おどろ）いた。
世界盃足球賽裡那個國家竟然能進到準決賽，真令人訝異。

◆ 人（ひと）にお金（かね）を借（か）りておきながら、「ありがとう」の一言（ひとこと）も言（い）わない**とは**、あきれた人（ひと）だ。
向別人借錢卻竟然連聲謝謝都不說，真是讓人無言的人。

◆ １９歳（じゅうきゅうさい）の大学生（だいがくせい）が純文学賞（じゅんぶんがくしょう）を受賞（じゅしょう）する**とは**。
19 歲的大學生竟然獲得了純文學獎！

実戦問題

市中心部のマンションを買うのに＿★＿ ＿＿＿ ＿＿＿ ＿＿＿負えないもんだ。

1 手に　**2** 1 億円　**3** とは　**4** かかる

65 ～とあれば

意味 ～なら　如果是…

接続 名詞／ナ形／イ形普通形／動詞普通形 ＋とあれば

説明

用於表示只有某項前提才會有的特殊情況，在該前提下必須進行後項動作，或是盡力實現後項的情形。「～のためとあれば」為此文法的慣用表現。

例文

◆ 娘の進学のためとあれば、いくらお金がかかってもかまいません。
　如果是為了女兒的升學，要花多少錢也無所謂。

◆ お客様のご要望とあれば、できる限りのことをさせていただきます。
　如果是客戶要求，我們都會極力配合。

◆ あまり気が進まないが、社長が行くとあればお供しないわけにはいかない。
　我本身不太願意，但若總經理要去，我就必須陪同。

実戦問題

あまり芸能人関係のニュースを気にしないが、＿＿ ＿＿ ＿＿ ＿★＿ 些細なことでも見ずにはいられない。

1 自分の　　**2** 歌手　　**3** 好きな　　**4** とあれば

66　～と相まって　書面語

| 意味 |　～と影響・作用し合って　與…相輔相成

| 接続 |　名詞＋と相まって

| 説明 |

表示與某項事物、因素結合，互相作用而產生加倍的效果。

| 例文 |

◆ この村は周囲の山々の景色と相まって、とても綺麗です。

這座村莊與周圍的山景連成一氣，非常美麗。

◆ マラソンは健康ブームと相まって、人気が高まっている。

馬拉松與健康風潮相結合，變得相當受歡迎。

◆ このステーキの柔らかい肉は、十分に行き渡った脂肪分と相まって、コクのある味わいを出している。

這塊牛排軟嫩的肉質，與均匀分布的油脂相互搭配，散發出醇厚的美味。

重要

本文法另有「～と～（と）が相まって」之形式，同樣表示兩事物結合後產生加倍效果。

◆ 映画『タイタニック』は、音楽と映像が相まって、とても印象深いものだ。

電影《鐵達尼號》的音樂與影像互相結合，實在令人印象深刻。

| 実戦問題 |

人間の経済活動がもたらした異常気象は＿＿＿　＿＿＿　＿★＿　＿＿＿問題視されている。

1 人口過多　　**2** と　　**3** 世界各国で　　**4** 相まって

模擬試験

次の文の（　　）に入れるのに最も良いものを、1・2・3・4から一つ選びなさい。

1 突然の要求なので断られる（　　）あっさりと応じてくれて、自分でもびっくりした。

1 と思いきや　**2** とあれば　**3** とともに　**4** ときたら

2 国内では何十年（　　）スポーツの発展に力を注いできたが、成果が見られない。

1 とあれば　**2** というもの　**3** にもまして　**4** をよそに

3 このジャケットの防風性は抜群な防水性（　　）、登山に最適なものなのだ。

1 とともに　**2** を抜きに　**3** と相まって　**4** に当たって

4 木村くんは自分のせいでチームの努力が水泡に帰する（　　）頭を下げ、皆に許しを請った。

1 と言わんばかりに　**2** とあれば

3 というもの　**4** に限らず

5 冬の北海道は寒い（　　）。それだけでなく、道が滑りやすくて大変だ。

1 とは限らない　**2** といえども

3 といえば　**4** といったらない

6 環境保護のために電気自動車が流行っている（　　）、廃棄電池の問題は未だに解決していない。

1 をめぐって　**2** とはいえ　**3** をとわず　**4** とは

7 オリンピックが中止になる可能性がある（　　）、全く驚いてしまった。

1 とはいえ　**2** というのは　**3** とは　**4** ときたら

8 学生宿舎の入居資格は抽選で決めますが、交換留学生（　　）優先的に入居できます。

1 とあれば　　2 ところから　　3 を込めて　　4 に限って

9 町中で有名な店（　　）微生物の検査に異常数値が出るとはニュースにも大きく取り上げられた。

1 といったら　　2 とばかりに　　3 ときたら　　4 といえども

10 今回の改正案の可決は議員の活躍による（　　）。

1 と言っても過言ではない　　2 といったらありはしない

3 というものではない　　4 どころではない

11 うちの子供（　　）お弁当を忘れたり、傘をなくしたりして、心配事ばかりしている。

1 と相まって　　2 ともなると　　3 ときたら　　4 というと

12 一秒足らずの差で一位を逃してしまい、悔しさ（　　）。

1 とは限らない　　2 というより

3 というものだ　　4 といったらありはしない

13 休み時間のチャイムが鳴ると彼は待ちきれない（　　）外へ飛び出した。

1 とばかりに　　2 とはいえ　　3 ときたら　　4 とあれば

14 彼は幼い頃からアメリカに住んでいた（　　）、チャイナタウンで育ったから、英語があまり得意じゃなさそうだ。

1 とともに　　2 とはいえ　　3 ときたら　　4 ともなく

15 両チームの実力は雲泥の差で楽勝だ（　　）、相手が粘り強くまさかの延長戦に入った。

1 をよそに　　2 と思い　　3 と思いきや　　4 をとわず

Checklist

☐ 67 ～たところで～ない

☐ 68 ～たりとも～ない

☐ 69 ～てやまない

☐ 70 ～て（は）いられない

☐ 71 ～ではあるまいし

☐ 72 ～でなくてなんだろう

☐ 73 ～までもない／までもなく

☐ 74 ～までだ／までのことだ

☐ 75 ～始末だ

☐ 76 ～というところだ／といったところだ

☐ 77 ～限りだ／限りである

67 ～たところで～ない

意味 ～しても～ない　即使…也不…

接続 動詞た形＋ところで

説明

表示說話者主觀認為即使做了該動作，也難有期待的結果出現，為逆接假設用法。經常搭配「いくら」、「どんなに」或「何＋量詞」一起使用。後接否定語氣，且不能使用過去式。

例文

◆ 妻（つま）に嘘（うそ）がばれてしまった。いくら謝（あやま）ったところで許（ゆる）してはくれないだろう。

説謊的事情被妻子知道了，即使再怎麼道歉也不會原諒我吧。

◆ パーティーは来週（らいしゅう）だ。今更（いまさら）ダイエットしたところで、あのドレスは着（き）られない。

派對就在下星期。即使現在開始減肥，也穿不下那件禮服。

◆ 今（いま）から急（いそ）いだところで、最終便（さいしゅうびん）のフェリーには間（ま）に合（あ）わない。今夜（こんや）はホテルに泊（と）まるしかない。

即使現在趕去也來不及搭上末班渡輪，今晚只能下榻旅館了。

実戦問題

あと10分で発車時間になるから、今から＿★＿ ＿＿ ＿＿ ＿＿間に合うはずがない。

1 乗った　**2** に　**3** ところで　**4** タクシー

68 ～たりとも～ない

書面語

意味 ～だけでも～ない　即使…也不…

接続 数量詞＋たりとも

説明

前接數量詞，而且通常是最小單位「1」，後接表示否定的字眼，強調即使一點點也不容許，為全面否定的說法。

例文

◆ 大学入試まであと10日しかない。1分たりとも休んではいられない。

距離大學入學考試只剩10天了，即使1分鐘也不能歇息。

◆ あの日から、大地震の恐怖を一日たりとも忘れたことはない。

自從那天開始，我沒有一天忘記大地震的可怕。

◆ 危険な機械を扱う作業中は一瞬たりとも気が抜けない。

操作危險機械的時候，一刻也不能鬆懈。

重要

「～たりとも」後面除了否定形之外，也可以接續禁止表現的「動詞辭書形＋な」，意思為「即使…也不要…」。

実戦問題

プロ同士の対戦では＿＿＿ ＿★＿ ＿＿＿ ＿＿＿。

1 1点　　**2** 譲れ　　**3** たりとも　　**4** ない

69 〜てやまない　　書面語

意味　ずっと〜ている　衷心…；…不已

接続　動詞て形＋やまない

説明

前接表示願望、期待的「願う」、「祈る」、「期待する」等動詞，或是「尊敬する」、「愛する」等與情感相關的動詞，表示說話者的該種心情一直持續不變。「やまない」來自「止む」的否定形「止まない」。

例文

◆ 一日も早く世界平和が実現し、人々が幸せに暮らせるようになることを願ってやまない。

衷心祈願世界和平早日實現，人人得以幸福生活。

◆ お父様のお体の一日も早いご回復を祈ってやみません。

衷心祈禱令尊的身體早日康復。

◆ ブラジル代表チームのスピードとテクニックを発揮したプレーは、観戦する者を魅了してやまない。

一場充分展現巴西代表隊的速度及球技的比賽，令觀眾們如癡如醉。

実戦問題

小学生の時から一人で海外留学している彼はお正月の＿＿＿　＿＿＿　＿★＿　＿＿＿。

1 やまない　　2 慕って　　3 たびに　　4 両親を

70 ～て（は）いられない

意味 ～し続けることができない　無法再…；不能…

接続 動詞て形（＋は）＋いられない

説明

用以表達由於說話者心中無可忍受，或是狀況極度緊迫、嚴峻，而導致無法持續進行某種行為。口語對話時經常省略「は」，說成「～ていられない」或是「～てられない」。

例文

◆ 残業時間が長く、昇進の見込みもない。こんな会社にはいていられないんだ。

加班時間長，又看不到升遷的機會。這種公司真的待不下去了！

◆ 締め切りも迫ってくるし、いいアイディアも浮かばないし、のんきにゲームなんかをやっていられない。

截稿日期不斷逼近，又一直想不到好點子，真的沒辦法再輕輕鬆鬆地玩遊戲下去了。

◆ 忘年会の次は友人の結婚式、最近ご馳走ずくめだけど、健康のためにこの調子で食べ続けてはいられない。

先是尾牙，接著是朋友的婚宴，最近都是大魚大肉，但為了健康不能再這樣吃下去了。

実戦問題

大学を卒業し、社会人になったからにはいつまでも両親の＿★＿ ＿＿＿ ＿＿＿ ＿＿＿。

1 保護　　**2** 受けては　　**3** を　　**4** いられない

71 ～ではあるまいし

意味 ～ではないのだから　又不是…

接続 名詞＋ではあるまいし

説明

表示「因為不是某人物、事物或狀況，所以…」。前接刻意且明顯的反例作為理由，突顯後文的合理性，且後文多為說話者的判斷或命令、建議等。常見於口語對話，不能用於正式文章當中。另外，「～ではあるまいし」也可以說成「～じゃあるまいし」。

例文

◆ ロボットではあるまいし、休(やす)みなしで働(はたら)くなんて無理(むり)です。
　又不是機器人，怎麼可能不休息一直工作。

◆ A：お願(ねが)い！1000万円(いっせんまんえん)貸(か)して。
　　拜託！借我1000萬日圓。
　B：銀行(ぎんこう)じゃあるまいし、そんな大金(たいきん)あるわけないでしょう。
　　又不是銀行，怎麼會有那麼大一筆錢。

◆ 新人(しんじん)じゃあるまいし、同(おな)じミスを繰(く)り返(かえ)してはいけませんよ。
　又不是新進員工，不能反覆犯下相同的錯誤。

実戦問題

正社員＿＿＿　＿＿＿　＿＿＿　＿★＿を取る必要がありません。

1 自分で　　**2** 責任

3 あるまいし　　**4** では

72 ～でなくてなんだろう　書面語

意味　確かに～だと思う　不是…又是什麼呢？；…就是…

接続　名詞＋でなくてなんだろう

説明

置於句尾，以反問的語氣來強調前述名詞，等同直接斷定，多用於文學作品或演講中。「これが～でなくてなんだろう」為常見的慣用形式。

例文

◆ 文明病が豊かで便利な現代生活の代償でなくてなんだろう。

文明病不就是現代富裕且便利的生活所付出的代價嗎？

◆ このキャンプでは国籍にかかわらず、誰もが互いの文化を尊重することを学んだ。これが国際交流でなくてなんだろう。

在這個營隊裡不論國籍，人人都學習了尊重彼此的文化，這不就是國際交流嗎？

◆ その母親はすべての食料を子供に与え、自分は飢えのため死んでしまった。これが母性愛でなくてなんだろう。

那位母親把所有的食物都給了孩子，自己餓死。這不是母愛什麼才是母愛呢？

実戦問題

コネを使って他人が欲しがるものを先取りし、高額で転売する＿＿　＿★＿　＿＿　＿＿。

1 なんだろう　　2 でなくて

3 ことは　　4 ダフ屋行為

73 ～までもない／までもなく

意味 わざわざ～する必要がない　用不著…

接続 動詞辞書形＋までもない／までもなく

説明

強調沒有必要到特地做該動作的程度。「言うまでもない」為常見的慣用表現，意思為「自不待言、不用說也知道」。

例文

◆ このくらいの小雨（こさめ）なら傘（かさ）をさすまでもないだろう。

這種小雨用不著撐傘吧。

◆ 新（あたら）しいスマホが欲（ほ）しいけどけど、わざわざ最新型（さいしんがた）を買（か）うまでもない。

雖然想要新手機，但用不著特地買最新機型。

◆ 言（い）うまでもなく、漢字（かんじ）が日本語（にほんご）の文字（もじ）や発音（はつおん）に与（あた）えた影響（えいきょう）は大（おお）きい。

漢字對日文的文字及發音的影響之大自不待言。

重要

相似文法「～には及ばない」表示用不著特地做該行為，且語氣上含有顧及對方心情之意。

実戦問題

別に大した病気じゃないし、わざわざ＿＿＿ ＿＿＿ ＿★＿ ＿＿＿だろう。

1 精密検査　　2 受ける　　3 を　　4 までもない

74 ～までだ／までのことだ

意味 ①ほかにいい方法がないから～だけだ　大不了…

②ただ～だけのことだ　不過是…

接続 ①動詞辞書形＋までだ／までのことだ

②動詞た形＋までだ／までのことだ

説明

① 前接動詞辭書形時，表示說話者的決心，因為沒有其他選擇，所以決定進行該動作。

② 前接動詞た形時，表示說話者解釋只是做了某個動作，並無特別用意。

例文

①

◆ 今の職場に不満があったら、転職するまでだ。

要是不滿意目前的工作環境，大不了就換個公司。

◆ 台湾新幹線がだめなら、台湾鉄道で帰るまでのことだ。

如果沒辦法坐高鐵，大不了搭臺鐵回去。

②

◆ そんなに怒らないでよ。本当のことを言ったまでだから。

別那麼生氣！我不過是說實話罷了。

◆ 消防士として、私がやるべきことをしたまでのことです。

身為消防員，我只不過是做了該做的事而已。

実戦問題

一度や二度くらいの失敗は問題にもならない。＿★＿ ＿＿ ＿＿ ＿＿。くじけるな。

1 もう一度　**2** みる　**3** 挑戦して　**4** までだ

75 ～始末だ

意味 ～（悪い）結果になった　最後甚至…；落得…下場

接続 動詞辞書形＋始末だ

説明

用於說明經歷不好的事件後，落得某種負面結局，「始末（しまつ）」在此意指「不理想的結果」。前面經常搭配文法「～あげく」一起使用。「この始末だ」為慣用表現，意思為「落到這種下場」，表示說話者責備某種問題的發生。

例文

◆ 彼女はお金もないのにブランド品をよく買っている。最近は借金までして買い物する始末だ。

她明明沒錢卻常買名牌，最近甚至淪落到借錢購物的地步。

◆ 悪徳業者にだまされたあげく、今は家賃も払えない始末だ。

被惡劣業者欺騙，結果現在落得連房租都付不出來的下場。

◆ 交通ルールを守らなかったせいでこの始末だ。

因為不遵守交通規則，才落到這種下場。

実戦問題

普段ノートも取らないし、講義もしょっちゅうサボったりする。____ ____ __★__ ____。

1 一夜漬けで　　2 とうとう

3 始末だ　　4 勉強する

76 ～というところだ／といったところだ

意味 だいたい～だ　差不多…；最多不過…；充其量…

接続 名詞＋というところだ／といったところだ

説明

常接在數量或程度相關的詞語之後，表示關於某事的粗略印象，而且通常是不突出的水準，為說話者的主觀判斷或評價。

例文

◆ このアルバイトの時給（じきゅう）は1000円（せんえん）というところだ。

這份打工的時薪差不多是 1000 日圓。

◆ この店（みせ）のラーメンは、味（あじ）はまあまあといったところですが、ボリュームは満点（まんてん）です。

這家店的拉麵味道不過平平，份量卻很足。

◆ 歌（うた）がうまいと言（い）っても、せいぜいカラオケといったところだ。

雖說唱歌好聽，充其量也只是唱卡拉 OK 的程度而已。

重要

口語對話中經常使用「～ってところだ」之形式。

実戦問題

今回の試験にパスしたといっても、＿＿＿　＿＿＿　＿＿＿　＿★＿。

1 しょせん　　2 という

3 ギリギリ合格　　4 ところだ

77 ～限りだ／限りである

意味 非常に～だと思う　真是…極了

接続 名詞の／ナ形な／イ形い ＋限りだ／限りである

説明

表示說話者的心情。「限り」意指「極限」，前接「うらやましい」、「心細い」、「幸せ」等表現個人內心情緒的形容詞或名詞，形容感受極為深刻。此為慣用用法，不能用於第三人稱。

例文

◆ オーストラリアに留学(りゅうがく)している兄(あに)が明日(あした)帰(かえ)る。嬉(うれ)しい限(かぎ)りだ。

去澳洲留學的哥哥明天就回來了，真是高興極了。

◆ 渡辺(わたなべ)くんの彼女(かのじょ)は美人(びじん)で頭(あたま)もいい上(うえ)に性格(せいかく)もいい。うらやましい限(かぎ)りだ。

渡邊的女友是個美女，而且既聰明個性又好，真令人羨慕極了。

◆ 有能(ゆうのう)な鈴木(すずき)さんが実家(じっか)の都合(つごう)で退職(たいしょく)されるそうだ。残念(ざんねん)な限(かぎ)りである。

聽說精明能幹的鈴木小姐因為老家的關係要離職，真是遺憾極了。

実戦問題

万年ビリの自分が学年一位を手に＿★＿ ＿＿＿ ＿＿＿ ＿＿＿。

1 入れた　　**2** とは　　**3** 嬉しい　　**4** 限りだ

模擬試験

次の文の（　　）に入れるのに最もよいものを、1・2・3・4から一つ選びなさい。

1 あんたが頷くまでここから離れないと言われた。これが脅迫（　　）。

1 でないでなんだろう　**2** でなくてもいい
3 でならない　**4** でなくてなんだろう

2 小学生（　　）、自立の精神がこれっぽっちもないなんて、これからの人生はどうなるだろう。

1 じゃあるまいし　**2** じゃないんだ　**3** じゃなかろう　**4** じゃなるまいし

3 この腕時計はブランドと言っても数万円程度のもの（　　）。本物の高級品とはいえない。

1 というところだ　**2** というのだ　**3** という　**4** といったらない

4 今回だけ手を貸すと先輩に言われた。それでも失敗したら自力でやり直す（　　）。

1 までだ　**2** までもない　**3** までだ　**4** まで

5 あの店は確かにうまい。だからといって、何時間もかけて列に並んで待つ（　　）だろう。

1 まで　**2** までもない　**3** までも　**4** までのこと

6 クラス皆でコツコツ貯めたお金を私用したことがばれてしまって、謝っ（　　）許してもらえると思わない。

1 たところ　**2** たばかりに　**3** たばかりで　**4** たところで

7 新米（　　）、こんな初心者にありがちなミスを犯したなんて、不思議だな。

1 でもしたら　**2** ではあるまいし　**3** でもいい　**4** でなくてなんだろ

⑧ ある年の誕生日に高価なプレゼントをもらった結果、毎年のバレンタインデーにブランド品を貢がなければならない（　　）。

1 せいだ　**2** までだ　**3** 始末だ　**4** 限りだ

⑨ また新人さんがやめたのは「きつい、汚い、危険」という 3K の仕事を我慢して（　　）ということだろう。

1 いられる　**2** いる　**3** いられない　**4** はあるまいし

⑩ 人という生き物は常に他人の恵みを羨んで（　　）ものだ。

1 やまない　**2** とまらない　**3** いられる　**4** に他ならない

⑪ 親戚が残してくれた旅館って、2 階建ての小さな宿（　　）。

1 というもの　**2** といったことだ

3 といったらない　**4** といったところだ

⑫ 政務官のやるべきこととは国民の税金を 1 円（　　）無駄にしないことだ。

1 たりとも　**2** たり　**3** たりして　**4** たところ

⑬ いまさらもう一度強調する（　　）、納期に間に合わなかったら信頼関係を損なうだけでなく、他の取引にも大きな影響が出る。

1 までのこと　**2** までもなく　**3** までで　**4** までだ

⑭ ホテルの予約が取れなかったら、ホステルに泊まる（　　）。心配するな。

1 までしかない　**2** までこと

3 までのことだ　**4** までもない

⑮ 長年にわたるお得意様がこちらの些細なミスで断然付き合ってくれなくなるとは残念な（　　）。

1 限った　**2** 限る　**3** 限らない　**4** 限りだ

Checklist

□ 78 ～なり

□ 79 ～が早いか

□ 80 ～や／や否や

□ 81 ～そばから

□ 82 ～まじき

□ 83 ～べく

□ 84 ～べくもない

□ 85 ～べからず／べからざる

□ 86 ～ことなしに

□ 87 ～ともなく／ともなしに

□ 88 ～きらいがある

78 ～なり

意味 ～するとすぐ～　一…就…

接続 動詞辞書形＋なり

説明

表示剛做完某動作後，立刻做了另一項行為，後項行為多半發生得突然。只能用於描述第三人稱的動作，且前後主語須一致。後半句不可使用命令句、否定句及想要、打算、決定等意志表現。

例文

◆ 空港の到着ロビーで待っていた姉は、恋人の顔を見る**なり**抱きついた。

在機場的入境大廳等候的姊姊，一見到男友就抱住他。

◆ 普段無口な中村くんが突然立ち上がる**なり**、狂ったように大声をあげて教室から飛び出していった。

平常沉默寡言的中村同學突然站起來，就像瘋了般大聲狂吼衝出教室。

◆ 息子は相当疲れていたのか、家に帰る**なり**自分の部屋に入って寝てしまった。

我兒子不知是否太疲倦，一回到家就進自己的房間睡著了。

重要

N2 介紹過的文法「～（か）とおもうと」意思亦為「才…就…」，表示感覺上前項動作才剛成立，後項動作就緊接著發生，語氣中帶有意外，常見用於比對的事項。

実戦問題

うちの犬は神経質で＿＿　＿＿　＿★＿　＿＿、激しく鳴きだした。

1 なり　　**2** 足音を　　**3** 聞く　　**4** 人の

79 ～が早いか 書面語

｜意味｜ ～するとすぐ～　一…就…

｜接続｜ 動詞辞書形＋が早いか

｜説明｜

表示一做完某動作後，就緊接著進行後項動作，強調前後項行為幾乎同時發生。須注意本文法只能用於描述過去發生的事，且後半句不可描述自然現象的發生，也不可接續命令句、否定句及想要、打算、決定等表現。

｜例文｜

◆ スズメたちは人が近づくのを見る**が早いか**、一斉に飛び立ってしまった。

麻雀們一看見人類靠近，就同時飛走了。

◆ 夫はベッドに入る**が早いか**、いびきをかいて寝てしまった。

我先生一躺上床就打呼睡著了。

◆ 近所の人はマンション内の不審者を見かける**が早いか**、すぐ警察に通報した。

鄰居一發現大廈裡的可疑人士就立刻通報警察。

重要

N2 介紹過的文法「～か～ないかのうちに」意思亦為「才剛…就…」，強調前後項動作的時間點幾乎同時、沒有間隔。

｜実戦問題｜

新作のゲームが発表されたので、_★_ ____ ____ ____大勢の客が殺到した。

1 店舗の　　**2** が早いか　　**3** になる　　**4** 開店時間

80 ～や／や否や 書面語

意味 ～すると同時に～　一…就…

接続 動詞辞書形＋や／や否や

説明

表示後項動作緊接著前項發生，時間上幾乎沒有間隔，且有時包含意外、驚訝的語感，句子前後可以是不同主語。須注意本文法用法只能用於過去發生的事，且後半不可以接續命令句、否定句及想要、打算、決定等意志表現。

例文

◆ ベテラン人気歌手のコンサートのチケットは発売されるや売り切れてしまった。

受歡迎的老牌歌手的演唱會門票剛發售就被搶購一空。

◆ バスの扉が開くや否や、彼は急いで乗り込んだ。

公車的車門一打開，他就急忙搭上去。

◆ 兄は家に帰るや否やテレビをつけて、甲子園の生中継を見た。

哥哥一回到家就打開電視，觀看甲子園的實況轉播。

重要

「～や／や否や」和「～なり」的主要差異在於，「～や／や否や」前後項動作的主詞可不同，但是「～なり」前後的主語須一致。

実戦問題

彼は短気のせいで、青信号に＿＿＿＿　＿＿＿＿　＿＿＿＿　＿★＿とっさに踏み込んだ。

1 アクセルペダル　　**2** を

3 や否や　　**4** なる

81 ～そばから

意味 ～したあと、すぐに～　一…就…

接続 動詞辞書形／た形＋そばから

説明

表示一進行某項動作後，緊接著發生後項情形，而且一再如此。用來形容反覆發生的動作。多用於負面敘述，且包含說話者不滿及責備的語氣。

例文

◆ 娘はお年玉をもらったそばから使ってしまう。

我女兒一拿到壓歲錢就馬上花光。

◆ あの店の肉まんはとてもおいしくて、作るそばから売れていくので、いつ行っても売り切れです。

那家店的肉包非常好吃，一做出來馬上就賣完了，所以不管什麼時候去都是賣光的狀態。

◆ 祖父は最近ますます物忘れが激しくなって、私が何を話しても聞いたそばから忘れてしまう。

我爺爺最近健忘得越來越厲害，不管我講什麼，他一聽完馬上就忘了。

実戦問題

年齢を重ねるにつれて＿＿＿　＿★＿　＿＿＿　＿＿＿ことは若い人にとって想像できないだろう。

1 忘れて　　**2** 習った　　**3** そばから　　**4** しまう

82 ～まじき　書面語

意味　～してはいけない　不應該…

接続　動詞辞書形＋まじき＋名詞

説明

用於責備他人的行為，表示該動作有失身分或不符合社會期待。慣用表現「名詞＋に／として＋あるまじき」前面常接續職業、身分相關的名詞，意思是「身為某種身分的人不該有的…」。

例文

◆「バカ」は親が子供に言うまじき言葉だ。

「笨蛋」是父母親不應該對孩子說的話。

◆テロリストによる無差別大量虐殺は人間として許すまじき行為だ。

恐怖份子隨機的大量屠殺，是身為人類不應允許的行為。

◆学生に暴力を振るうなど、教師にあるまじきことだ。

對學生施以暴力的種種是身為教師不應該有的行為。

重要

「～まじき」前面可接的動詞有限，常見的有「許す」、「ある」等。另外，動詞「する」接續「まじき」時，有「するまじき」和「すまじき」兩種接續方式。

実戦問題

賄賂を受け取ることは公務員たる者＿＿＿ ＿＿＿ ＿★＿ ＿＿＿。

1 行為だ　**2** まじき　**3** ある　**4** に

83 ～べく　　書面語

意味　～するために　為了…

接続　動詞辞書形＋べく

説明

表示目的，意思類似文法「～ために」，但「～べく」屬於較生硬的說法。須留意後半不能接續命令、依賴等句型。

例文

◆ アレルギーを治すべく、運動習慣を身につけた。

為了治療過敏，我養成了運動習慣。

◆ 我が社では時代のニーズに応えるべく、真に求められる新商品の開発と提供を続けております。

本公司為因應時代的需求，持續開發與提供人們實際需要的新產品。

◆ 妹はスペイン語を勉強するべく、週に１回スペイン人と交換教授をしている。

妹妹為了學習西班牙語，每星期１次與西班牙人進行交換教學。

「～べく」前接動詞「する」時，有「するべく」和「すべく」兩種接續方式。

実戦問題

一日も早く地震の被害を受けた住民の＿＿ ★ ＿＿ ＿＿、彼は昼夜を惜しまず再建計画に取り組んでいる。

1 建て直す　　**2** 家　　**3** べく　　**4** を

84 ～べくもない　書面語

意味　～することはできない　無法…

接続　動詞辞書形＋べくもない

説明

表示無法做到某事情，雖然如此期盼，但事實上辦不到。通常搭配「望む」、「想像する」、「知る」等動詞，屬於生硬且文言的用法，現已不太使用。

例文

◆「野球は9回裏ツーアウトまでわからない」とよく聞くが、10点差の逆転勝利は望むべくもないだろう。

雖然常聽到「棒球比賽不到9局下半兩出局，勝負都還很難說」，但相差10分的逆轉勝是無法指望吧。

◆昨夜、彼女が寝つきが悪かったというのは、面接の結果が気になっていたことに起因するのは疑うべくもない。

毫無疑問，她昨晚難以入眠的原因是太過在意面試結果。

◆この国ではインターネットの使用が政府により厳重に規制されていて、外国のことを知るべくもない。

在這個國家，網路的使用受到政府嚴格管制，無法瞭解外國的事情。

重要

動詞「する」有「すべくもない」和「するべくもない」兩種接續方式。

実戦問題

半年前に賃貸の契約を結んだばかりで、人事異動で引っ越さざるを得ないという理由でも＿＿＿　＿＿＿　＿★＿　＿＿＿。

1 保証金の　**2** 望む　**3** べくもない　**4** 返還は

85 ～べからず／べからざる　書面語

意味　①～するな　禁止…

②～してはいけない　不可…

接続　①動詞辞書形＋べからず

②動詞辞書形＋べからざる＋名詞

説明

①「～べからず」表示禁止，為書面語，主要用於標語或告示牌等。

②「～べからざる」為「～べからず」修飾名詞之形式，表示社會上認為不應當有的作為，主要用於正式的場合或文章。前面常與「許す」、「欠く」等動詞搭配使用。

例文

①

◆ ここでは泳ぐべからず。

此處禁止游泳。

◆ 線路内に入るべからず。

禁止進入鐵軌內。

②

◆ 生存権と自由権は犯すべからざる権利である。

生命權和自由權是不可侵犯的權利。

◆ コカインやヘロインといった麻薬の販売は許すべからざる犯罪行為だ。

販賣古柯鹼及海洛因等毒品是不可原諒的犯罪行為。

実戦問題

ここに＿★＿ ＿＿＿ ＿＿＿ ＿＿＿。

1 捨てる　**2** を　**3** べからず　**4** ゴミ

86 ～ことなしに

意味 ～しないで　沒有…

接続 動詞辞書形＋ことなしに

説明

副詞用法，表示在未做某動作的情形下進行後項行為，屬於比較生硬的說法。

例文

◆ 弟は2時間休む**ことなしに**歌い続けた。

弟弟連續唱歌2小時都沒有休息。

◆ 山口さんはホテルを予約する**ことなしに**沖縄へ旅立った。

山口小姐沒有預約飯店就前往沖繩旅行去了。

◆ 彼女はいつも本人の考えを実際に聞く**ことなしに**勝手に解釈する。

她總是沒有實際聽當事人的想法就隨便做解釋。

重要

外觀相似的文法54「～なしに（は）」後接否定句，表示沒有前項的話，後項就不會成立。

実戦問題

努力する＿★＿ ＿＿＿ ＿＿＿ ＿＿＿。そういうあまい考えはどこから出てくるのか。ちゃんと考えろよ。

1 ことなしに　　2 が

3 お金　　4 出る

87 ～ともなく／ともなしに

意味 特に～しようというつもりもなく　不自覺地…；下意識地…

接続 動詞辞書形＋ともなく／ともなしに

説明

慣用表現，前接「見る」、「聞く」、「言う」、「覚える」等意志動詞，表示並非刻意，而是下意識之間做了該動作。

例文

◆ 喫茶店でコーヒーを飲みながら、見るともなく窓の外を見ていた。

在咖啡廳裡邊喝著咖啡，邊漫不經心地看著窗外。

◆ 家に帰ると見るともなしにテレビをつけています。静かすぎるのは寂しいですから。

我一回到家就不知不覺打開電視，因為太過安靜會覺得寂寞。

◆ クビになったその日、何を考えるともなしに一晩中寝ないで過ごした。

被解雇的那一天，我什麼都不想，就整晚沒睡直到天明。

重要

「～ともなく」另有一個慣用表現「疑問詞＋（助詞＋）ともなく」，此時表示不特定的時間、場所或是人物。例如「いつからともなく」意思為「不知從何時…」，「どこからともなく」意指「不知從哪裡…」，「誰にからともなく」意思則為「不知對誰…」。

実戦問題

個人的習慣だが、作業しながら、聞く＿＿＿ ＿＿＿ ＿＿＿ ＿★＿。

1 流して　　2 音楽を　　3 ともなく　　4 いる

88 ～きらいがある　書面語

意味　～というよくない傾向がある　有…傾向；有…的壞毛病

接続　名詞の／動詞辭書形／ない形 ＋きらいがある

説明

表示行為上具有某種不良的現象、傾向，「きらい」為名詞，來自「嫌い」，意指不好的傾向。須注意本文法不用於第一人稱以及自然現象。

例文

◆ 関口（せきぐち）さんは食（た）べ過（す）ぎのきらいがある。

關口先生有吃太多的壞毛病。

◆ 彼（かれ）は忍耐力（にんたいりょく）がなく、何（なに）をするにもすぐにあきらめてしまうきらいがある。

他沒什麼耐心，不論做什麼事都容易很快就放棄。

◆ アジアの学生（がくせい）は授業中（じゅぎょうちゅう）受（う）け身（み）で、あまり自分（じぶん）の意見（いけん）を言（い）わないきらいがある。

亞洲學生有上課時被動、不太說出自己意見的壞毛病。

重要

如果描述第一人稱以及自然現象有某種不好的傾向，可以使用 N3 學習過的文法「～がちだ」。

実戦問題

今の若者はよく昼まで寝て、朝ごはんを＿＿＿ ＿＿＿ ＿＿＿ ＿★＿。

1 きらい　**2** ある　**3** が　**4** 食べない

模擬試験

次の文の（　　）に入れるのに最もよいものを、1・2・3・4から一つ選びなさい。

1 国会で可決する（　　）新たな法律を実施することはできない。

1 ことなしに　**2** こととなく　**3** ことから　**4** こととて

2 空港で親友の背中を見送りながら、言う（　　）そこで頑張れよと囁いた。

1 に代わって　**2** とも　**3** ともなく　**4** に限って

3 うちの子ときたら、何かあったらすぐ他人の力を頼る（　　）。

1 きらいがある　**2** ことがある

3 きらいがない　**4** ことがない

4 来客数も伸びず、資金も足りず、会社の拡張は望む（　　）。

1 べく　**2** べくもない

3 べからず　**4** べからざる

5 戦争をなくす（　　）各国は平和協定を結んだ。

1 べくもない　**2** べからざる

3 べからず　**4** べく

6 他人のアイディアをパクり、自分のものとして言い張るのは、創作者たる者にある（　　）行動だ。

1 における　**2** に関わらず

3 をもちまして　**4** まじき

7 彼はダイエットだと言い続けるものの、食事を食べ終わった（　　）デザートを食べ、それにコーラーとジュース、本当にダイエットする気があるのか。

1 という　**2** そばから　**3** べく　**4** まじき

8 彼はこの辺りで有名な食いしん坊で、どこかにグルメの名店があると聞く（　　）駆けつけていく。

1 となると　　2 や否や　　3 やら　　4 だったら

9 刑事は犯人の居場所を知る（　　）急いで現場に行った。

1 なり　　2 なりとも　　3 なりた　　4 なって

10 何故だろうか。食堂で隣の客はパトカーのサイレンを聞く（　　）冷や汗が出てきた。

1 かわりに　　2 が始まり　　3 が早いか　　4 からといって

11 クラシックのコンサートでは演奏が終わる（　　）聴衆が拍手することがあるが、これはマナー違反だという。

1 や　　2 を　　3 に　　4 が

12 芝生のメンテナンス中、入る（　　）。

1 べく　　2 べからず　　3 べくない　　4 べきだ

13 くだけた話し方は目上の人に向かって使う（　　）言葉遣いだ。

1 べく　　2 べくない　　3 べからざる　　4 べからず

14 連休最後の1日、つまらないか、明日を迎える気力がないか、ただただテレビを見る（　　）ぼんやりしている。

1 をものともなし　　2 を皮切りに

3 にして　　4 ともなしに

15 好き嫌いが激しい子供は食材の原型のままなら食べない（　　）。親にすれば栄養バランスのことを心配するだろう。

1 に越したことはない　　2 わけがない

3 きらいがある　　4 ほどがある

Checklist

- □ 89 ～なりに／なりの
- □ 90 ～ともなると／ともなれば
- □ 91 ～もさることながら
- □ 92 ～すら
- □ 93 ～だに
- □ 94 ～はおろか
- □ 95 ひとり～だけでなく
- □ 96 ～ごとし／ごとき／ごとく
- □ 97 ～がてら
- □ 98 ～かたがた
- □ 99 ～かたわら

89 ～なりに／なりの

意味 ～にふさわしい程度に　與…相符合；以…自己的方式

接続
名詞
ナ形
イ形普通形
動詞普通形
＋なりに／なりの

説明

前接受評價、審視的對象或狀態，表示在此立場或狀況下，後項成果符合其程度表現，語感中帶有雖不完美但仍給予肯定之意。修飾後方名詞時，以「～なりの＋名詞」的形式連接。須注意本句型不能用於對長輩說話時。

例文

◆ これは私なりに悩み、考えた末に出した結論です。

這是我自己苦思之後得出來的結論。

◆ １０歳になる娘が卵焼きを作ってくれた。味はいまいちだが、娘なりにがんばって作ったのだ。褒めてやろう。

10歲的女兒為我做了煎蛋捲，雖然味道差了點，但這是女兒自己努力做出來的，稱讚她一下吧。

◆ この授業を通じて、生徒たちにエコロジーについて自分なりの考えを持ってほしい。

透過這門課，希望學生對於環保有自己的想法。

実戦問題

自分____ __★__ ____ ____論点ですが、なお不足の部分が所々あるけれど、精一杯努力したつもりです。

1 に　　**2** なり　　**3** 帰結した　　**4** 考えて

90 ～ともなると／ともなれば

意味 ～という立場になると　一到…；要是…

接続 名詞／動詞辞書形 ＋ともなると／ともなれば

說明

前接頭銜、年齡、時間相關的詞語，表示一旦是前項的特殊立場或階段，理所當然就會變成後項所敘述的情況。須留意後項不可接續希望或是意志表現。

例文

◆ 一般社員はバスや地下鉄などで出勤しているが、社長ともなると専用のドライバーがついている。

一般職員都是搭公車或地鐵上下班，但一到總經理的等級，就會有專屬司機。

◆ 大学生は遊んでばかりいるように思われるが、4年生ともなれば就職活動や卒業論文で大忙しだ。

一般認為大學生只會玩，但一到4年級，找工作及寫畢業論文就夠忙了。

◆ 堅苦しい儀式は苦手だが、一生に一度の成人式ともなればそうも言ってはいられない。

雖然我最怕一板一眼的儀式，但要是一生僅有一次的成年禮，那就無可奈何。

実戦問題

ここはもともと有名な行楽地ですが、＿＿＿ ＿＿＿ ＿★＿ ＿＿＿数は急激に伸びて立つ所すらないほどです。

1 の　　2 ともなると
3 春　　4 観光客

91 ～もさることながら

意味 ～ももちろんそうだが、さらに～　不用說…；不僅…

接続 名詞＋もさることながら

説明

表示前項理所當然是，但後項的程度或狀態比前項更進一步。用於強調後項，且多描述正面的事情。

例文

◆ ゴッホの作品(さくひん)は構図(こうず)**もさることながら**、色(いろ)の塗(ぬ)り方(かた)も素晴(すば)らしい。

梵谷的作品構圖自然不用說，上色方式也非常棒。

◆ この老舗(しにせ)ホテルは、インテリアや食事(しょくじ)**もさることながら**、スタッフのサービスも最高(さいこう)だ。

這間老牌飯店室內裝飾和用餐自然不用說，工作人員的服務更是最好的。

◆ 未来(みらい)を担(にな)う子供(こども)たちにはさまざまな知識(ちしき)**もさることながら**、国際性(こくさいせい)も身(み)につけてもらいたい。

希望肩負未來的兒童們，不僅要具備廣博的知識，更要養成國際觀。

相似文法「～はもちろん／はもとより」列舉的前後項事物程度相當，不過「～もさることながら」則強調後項比前項的程度更高。

実戦問題

この服は着心地＿＿＿　＿＿＿　＿＿＿　＿★＿、日常コーデの定番アイテムだとも言える。

1 も　　**2** もさることながら

3 かっこよく　　**4** デザイン

92 ～すら　書面語

意味 ～さえ　連…都…

接続 名詞（＋助詞）＋すら

説明

「～さえ」的書面語，前接極端的事例，強調如果連該例子都有如後文的情況，就更不用說其他事例了。後文多為負面敘述。

例文

◆ 英文学科(えいぶんがっか)の学生(がくせい)ですら読(よ)めない小説(しょうせつ)が私(わたし)に読(よ)めるはずがない。

連英文系的學生都沒辦法讀的小說，我怎麼可能讀得懂。

◆ 自分(じぶん)が海外留学(かいがいりゅうがく)なんて、想像(そうぞう)すらしていなかった。

我之前連想都沒想過自己竟會出國留學。

◆ おばは長(なが)く寝(ね)たきりになっているので、一人(ひとり)では立(た)つことすらできない。

阿姨因為長期臥病在床，連自己站起來都沒辦法。

重要

如果「～すら」前面接續「名詞（人或其他生物）＋が」時，「が」的部分會改為「で」，變成「～ですら」，以例句為例：

◆ 学生(がくせい)が→学生(がくせい)ですら

実戦問題

この質問は複雑すぎて、＿＿＿ ＿＿＿ ＿＿＿ ＿★＿、私ごときはなおさらだ。

1 すら　**2** 解けない　**3** から　**4** 専門家

93 ～だに　書面語

意味 ①まったく～しない　連…也不…

②～するだけでも　光…就…

接続 名詞（＋助詞）／動詞辞書形 ｝＋だに

説明

① 後文接否定句時，表示舉出一最低限度的動作，強調連小事都如此了，更不用說其他作為，意指「連…也不…」。

② 後文接非否定句時，則表示「光是做某動作，就讓人感到…」，常搭配表示負面心情的「恐ろしい」等詞語。兩種用法皆屬於生硬的慣用表現，且「～だに」前面接續的詞語有限，常見的有「考える」和「想像（する）」等。

例文

①

◆ 忠列祠(ちゅうれつし)の衛兵(えいへい)はまっすぐ前(まえ)を見(み)て微動(びどう)だにせず立(た)っている。

忠烈祠的憲兵眼睛直視前方，一動也不動地站立著。

◆ 同(おな)じ課(か)でとなりの席(せき)の高橋(たかはし)くんが社長(しゃちょう)の息子(むすこ)だったとは夢(ゆめ)にだに思(おも)わなかった。

做夢也沒想到同一部門鄰座的高橋竟是總經理的兒子。

②

◆ あの悲(かな)しいニュースは聞(き)くだに心(こころ)が痛(いた)む。

那則悲傷的新聞光聽就讓人感到心裡難過。

◆ 津波(つなみ)で多(おお)くの人命(じんめい)が奪(うば)われたなんて、考(かんが)えるだに恐(おそ)ろしい。

海嘯奪走了許多人命，光是想到就讓人感到害怕。

実戦問題

宝くじの一等に当たった＿＿＿　＿＿＿　＿＿＿　＿★＿。

1 とは　　**2** しなかった　　**3** だに　　**4** 想像

94 ～はおろか

意味 ～はもちろん、～も　別說…就連…

接続 名詞 ／ 動詞辞書形＋の ｝＋はおろか

説明

表示不用說前者，就連程度較高的後者也是如此，屬於較為生硬的說法。常與「も」、「さえ」、「まで」等助詞搭配使用。後半句通常接續負面內容，因此多為否定句，此時表示說話者認為做不到後項比較嚴重。

例文

◆ 重病のときは歩くことはおろか、ベッドから起き上がることさえできません。

生重病時別說走路了，就連從床上起來都沒辦法做到。

◆ 陳さんは仕事で忙しすぎて、朝食はおろか、前日の夕食もまともに食べられなかった。

陳先生因為工作太過忙碌，別說早餐，就連前一天的晚餐都沒能好好地吃。

◆ うちの猫は、テーブルはおろかキーボードにまで上がって寝ていた。

我家的貓別說餐桌了，就連鍵盤也爬上去睡覺。

実戦問題

問題の学生は授業に＿★＿ ＿＿＿ ＿＿＿ ＿＿＿すら持ってこなかった。

1 遅刻する　　**2** はおろか　　**3** こと　　**4** 教科書

95 ひとり～だけでなく

意味 ただ～だけでなく　不光是只有…

接続 ひとり＋名詞＋だけでなく

説明

表示某個主體並非唯一的例子，還擴及到更大的範圍。口語對話時通常會省略「ひとり」。書面語則寫成「ひとり～のみならず」。

例文

- この問題はひとり台湾だけでなく、日本や韓国をはじめとするアジア諸国の平和と安全にかかわる重要な問題だ。
  這個問題並不光是只有臺灣，更是攸關日本、韓國等亞洲各國和平及安全的重要課題。
- この研究にはひとり彼のみならず、多くの人が携わった。
  這項研究並不光是只有他，還有許多人共同參與。
- 高齢化問題はひとり日本のみならず、少子化の進むさまざまな国で共通の問題となっている。
  高齡化問題不光是只有日本，也逐漸變成面臨少子化的各國共通的問題。

重要

除了「ひとり～だけでなく」和「ひとり～のみならず」之外，類似文法還有「ただ～だけでなく」和「ただ～のみならず」。

実戦問題

地球温暖化問題は＿＿＿ ＿＿＿ ＿★＿ ＿＿＿取り組むべき問題となっている。

1 でも　　**2** 途上国　　**3** ひとり先進国　　**4** だけでなく

96 ～ごとし／ごとき／ごとく　書面語

意味 ～ようだ／～ような／～ように　有如…；像…

接続 名詞の
動詞辞書形／た形（＋が／かの）　＋ごとし／ごとき／ごとく

説明

屬於文言的用法，多用於慣用表現及諺語。「～ごとし」的漢字寫成「～如し」，表示宛如某種模樣，意即現代日文的「～ようだ」。變化形「～ごとき」後接名詞，相當於「～ような」；「～ごとく」後接動詞或形容詞，相當於「～ように」。

例文

◆「光陰矢の如し」と言いますが、この一年も矢のごとく過ぎていきました。
俗話說：「光陰似箭」，這一年又像箭一般飛逝了。

◆彼女の彫刻のごとき横顔は本当に美しい。
她那如同雕像般的側臉真是美麗。

◆彼は斎藤先生を見るなり青ざめて、飛ぶが如く駆け出していった。
他一見到齋藤老師就臉色發青，像飛似地跑走了。

重要

「ごとき」另有用來舉例的用法「～(の)ごとき」，意思類似「～のようなもの」，中文譯為「像…那樣的…」。前面接續「私(わたし)」時，可用來表示自謙，但若前面接續他人時，則含有輕蔑的語氣。

◆鈴木ごときには負けられない。　我才不會輸給像鈴木那樣的人！

実戦問題

数日ぶり＿★＿ ＿＿ ＿＿ ＿＿一瞬で目の前のご馳走を食べ切った。

1 の　　2 彼は　　3 のごとく　　4 食事

97 ～がてら

｜意味｜ ～のついでに～　…時順便…

｜接続｜
名詞~~する~~
動詞~~ます~~ ＋がてら

｜説明｜

表示在做某項動作的同時，也順便做了另一項動作。後文經常搭配「行く」和「寄る」等與移動相關的動詞。

｜例文｜

◆ 新しい車を買ったの？じゃあ、ドライブ**がてら**駅まで送ってくれない？
你買了新車啊？那可不可以出去兜兜風，順便送我到車站？

◆ デパートの特設会場で写真展をやっているそうだ。買い物**がてら**見に行ってみよう。
據說百貨公司的展示會場正在舉辦攝影展，我們購物時順便過去看看吧。

◆ 運動公園前のコンビニまで散歩**がてら**昼ごはんを買いに行った。
散步到運動公園前的便利商店順便去買午餐。

重要

「～がてら」意思類似文法「～ついでに」，但「～がてら」的語氣較為生硬，因此日常對話多使用「～ついでに」。

｜実戦問題｜

新商品開発のため、現在流通している商品を＿＿＿ ＿＿＿ ＿＿＿ ＿★＿をしてみる。

1 店頭の　**2** 市場調査　**3** がてら　**4** 買い集め

98 ～かたがた　書面語

意味　～を兼ねて　同時…；順便…

接続　名詞~~する~~＋かたがた

説明

表示在做某動作時一併達成兩種目的，後文經常使用與移動相關的動詞。多用於書信或正式場合，是非常禮貌且生硬的用語。

例文

◆ 9年ぶりに台湾に戻ったので、帰国の挨拶かたがた先生のお宅を訪ねた。

睽違9年回到臺灣，因此向老師報告我回國一事，同時也拜訪老師家。

◆ ご出産おめでとうございます。今度、お祝いかたがた赤ちゃんの顔を拝見しにうかがいます。

恭喜您生小孩了，這次來向您祝賀，同時也看看小寶寶。

◆ 入院中はお見舞いに来てくださってありがとうございました。退院のご報告かたがたお礼まで。

感謝入院期間您前來探望，特此向您致上謝意，同時報告我已出院。

重要

「～かたがた」前面經常接續「ご報告」、「ご挨拶」、「お詫び」、「お礼」、「お見舞い」等名詞。

実戦問題

今まで大変お世話になりました。＿＿ ＿★＿ ＿＿ ＿＿ご連絡いたします。

1 かたがた　**2** ご報告　**3** この度　**4** 転勤の

99 ～かたわら 書面語

意味 ～する一方で、～する　一邊…一邊…；除了…同時…

接続 名詞の／動詞辞書形 ＋かたわら

説明

表示在前述主要活動之外，另外分配時間做次要活動，兩者同步進行。通常用於從事本職工作、求學之外，還有從事副業或進行其他事情。

例文

◆ マックさんは日本語学校（にほんごがっこう）の授業（じゅぎょう）のかたわら、日本人（にほんじん）に英語（えいご）を教（おし）えている。

馬克先生一邊在日本語言學校上課，一邊教日本人英文。

◆ 森（もり）さんは商社（しょうしゃ）に勤（つと）めるかたわら、社会福祉活動（しゃかいふくしかつどう）に熱心（ねっしん）に取（と）り組（く）んでいるということだ。聽說森小姐在貿易公司上班的同時也熱心投入社會福利運動。

◆ 将来自分（しょうらいじぶん）の店（みせ）を持（も）つために、調理（ちょうり）の専門学校（せんもんがっこう）で勉強（べんきょう）するかたわら、夜（よる）はレストランでアルバイトしています。

為了將來能有自己的店，我除了在餐飲學校上課，同時晚上在餐廳打工。

重要

「～かたわら」和「～ながら」都可表示在同一段時間內進行兩項動作，但前者較偏向長時間持續的行為，而後者則是描述平常的具體動作。

◆ 田中（たなか）さんは今（いま）、コーヒーを飲（の）みながらテレビを見（み）ています。

田中先生正邊喝咖啡邊看電視。

実戦問題

先生は大学＿＿＿　＿＿＿　＿★＿　＿＿＿もやっているらしいよ。

1 教える　**2** ユーチューバー　**3** で　**4** かたわら

模擬試験

次の文の（　　）に入れるのに最もよいものを、1・2・3・4から一つ選びなさい。

1 うちの学生はワードやエクセルなどのソフトウェア（　　）使えなく、プログラミングはなおさらだ。

1 だけ　**2** すら　**3** しか　**4** でも

2 彼は手料理（　　）、コンビニのお弁当を温めることすらできなかったよ。

1 を抜きに　**2** をめぐって
3 にもまして　**4** はおろか

3 レストランを開業するともなるとひとりメニュー（　　）、立地とか賃金とかあらゆる面を検討しなければならない。

1 のみならず　**2** だけなら
3 に基づいて　**4** に沿って

4 子供だって子供（　　）悩みがあるだろう。

1 なりは　**2** なりの　**3** なる　**4** なって

5 まずはご挨拶（　　）ご案内申し上げます。

1 ながら　**2** すら　**3** かたがた　**4** に限って

6 政治家っていうものは大体、普段のとき自分の利益に動くが、選挙（　　）言動が変わってしまう。

1 ともなる　**2** ともなり　**3** ともなし　**4** ともなると

7 フランスへ行ったことがないが、ネットで動画を見て、自分（　　）フランス料理を作ってみた。

1 なる　**2** なりに　**3** なり　**4** なら

8 彼女の愛猫は凶暴で虎の（　　）猫だそうだ。
1 ごとじ　**2** ごとし　**3** ごとき　**4** ごとく

9 いつか世間によく知られる漫画家になるために、小説のイラストをかく（　　）出版社に漫画を投稿し続ける。
1 かたわら　**2** がてら　**3** ながら　**4** てでも

10 こんな有名な大学に入れるとは夢に（　　）思わなかった。
1 だの　**2** だね　**3** だに　**4** だで

11 久々の快晴だから、リハビリ（　　）犬の散歩をしてくる。
1 がてら　**2** を押し切って
3 を契機に　**4** を通して

12 人気の衰退はひとり店（　　）、商店街にいる皆で力を合わせて解決すべき問題だ。
1 だけだ　**2** だけでなく
3 だけのこと　**4** だけで

13 短期大学の学生といえば、不真面目な印象を与えるかもしれないが、就活（　　）真剣にやっている人も少なくないらしい。
1 という　**2** たったら　**3** となる　**4** ともなれば

14 このカフェはインテリア（　　）、コーヒーの味や店員の接客が一流と言っても過言ではない。
1 もさることながら　**2** ながら
3 ってから　**4** がてら

15 春になると桜が霧雨の（　　）舞い降りてくる。
1 ごとし　**2** みたい　**3** ごとく　**4** よう

Checklist

☐ 100　～たら最後／たが最後

☐ 101　～たら～たで／～ば～たで／～なら～で

☐ 102　～ものを

☐ 103　～ばこそ

☐ 104　～ばそれまでだ／たらそれまでだ

☐ 105　～ならまだしも／はまだしも

☐ 106　～ならいざしらず／はいざしらず

☐ 107　～であれ

☐ 108　～てからというもの

☐ 109　～こととて

☐ 110　～（が）ゆえ（に）

100 ～たら最後／たが最後

意味 ～したら、必ず～　一旦…就…

接続 動詞た形＋ら最後／が最後

説明

強調前述事件一旦發生，便會產生某個不好的結果。「～たら最後」較「～たが最後」口語。

例文

◆ このサイトでは商品を注文したら最後、注文の取り消しができない。
在這個網站，商品一旦下單後，就無法取消訂單。

◆ 彼は気難しい人です。一度つむじを曲げたら最後、なかなか機嫌がなおりません。
他是個難以取悅的人。一旦鬧起彆扭，心情就無法平復。

◆ 噂によると、富士の樹海で迷ったが最後、生きて帰った者はいないそうだ。
根據謠傳，一旦在富士樹海迷路，還沒有人生還。

重要

本文法另有「～たら最後だ。／たが最後だ。」這種置於句尾的說法，省略了原本後半句所敘述的不好結果。

実戦問題

贅沢な＿＿＿ ＿★＿ ＿＿＿ ＿＿＿、素朴な日々に戻れなくなるらしい。

1 に　**2** 慣れたら　**3** 生活　**4** 最後

101 ～たら～たで／～ば～たで／～なら～で

意味 ～場合は～問題が出る／～場合でも大丈夫　就算…也…；…的話就…

接続

名詞＋なら	＋名詞＋で
ナ形＋なら	＋ナ形＋で
イ形かった＋ら／イ形ければ	＋イ形かった＋で
動詞た形＋ら／動詞ば	＋動詞た形＋で

説明

表示如果發生某種情況，就會連帶產生另一種狀態，或是即使有某種情況發生，也不會有太大的影響。句型內前後項重複使用相同詞彙。

例文

◆ システムに最先端のテクノロジーを導入なら導入で、使いこなせない社員がいれば、無意味なことになる。

就算在系統內導入最新科技，若員工無法熟悉操作的話就沒有意義。

◆ お金に不自由なところがあったらあったで、心が縛られなかったら楽しい人生が送れる。

就算金錢上有無法隨心所欲的地方，只要心靈上沒有受到束縛，一樣也能有快樂的人生。

◆ 国交が結べなかったら結べなかったで、国際社会における立場がなくなる恐れがある。

要是無法與他國締結邦交的話，恐怕會失去國際上的立足點。

実戦問題

女性はべっぴん____ ____ ____ _★_中身のいい人に出会えるというわけではありません。

1 べっぴん　　**2** なら　　**3** で　　**4** 必ずしも

102 ～ものを

意味 ～のに　要是…就好了

接続

ナ形普通形／な
イ形普通形　　　＋ものを
動詞普通形

説明

表示如果事先能做某事，就能有說話者希望的結局，但因為沒有那麼做而導致不好的結果。通常搭配假定條件句，語氣中含有責備、不滿或懊悔之意。「～ものを」後面的內容可以省略。

例文

◆ すぐに謝(あやま)れば**いいものを**、意地(いじ)を張(は)るからよけいに彼女(かのじょ)を怒(おこ)らせるんだよ。
明明馬上道歉就好了，卻硬要賭氣逞強，惹得她更生氣。

◆ 高校時代(こうこうじだい)に、歴史(れきし)をちゃんと学(まな)んでおけば**いいものを**。
要是高中的時候有好好學歷史就好了。

◆ あと 10 分早(じゅっぷんはや)く家(いえ)を出(で)れば遅刻(ちこく)せずにすんだ**ものを**。
要是再提早 10 分鐘出門就不會遲到了。

実戦問題

20 年前に家＿＿ ＿＿ ＿★＿ ＿＿、今さら後悔しても無駄なことだ。

1 を　　**2** いい
3 ものを　　**4** 購入すれば

103 ～ばこそ

意味 （他の理由ではなく）～から　正因為…才…

接続
名詞であれば
ナ形であれば
イ形ければ
動詞ば
} ＋こそ

説明

強調原因、理由，句尾常搭配「のだ」、「のです」一起使用。「こそ」表示限定原因，強調該要素成立之必要性，用於肯定該項理由帶來正面結果。須留意後半句不使用過去式。相似文法為「～からこそ」。

例文

◆ 仕事も大切ですが、健康はもっと大切です。健康であればこそ、仕事の能率も上がるというものです。

工作固然重要，但健康更為重要。正因為有了健康，工作效率也才得以提升。

◆ 君がいてくれればこそ、僕がこんなに幸せでいられるのだ。

正是因為有妳陪在身邊，我才能這麼幸福。

◆ 地域の方々の協力があればこそ、祭りが成功裏に開催されたのである。

正因為有各位在地居民的協助，祭典才能成功舉行。

実戦問題

一部上場財閥系企業＿＿＿＿ ＿＿＿＿ ＿＿＿＿ ＿★＿からとりわけ優遇されてローンを借りられるのだ。

1 メガバンク　　**2** 入れば
3 に　　**4** こそ

104 ～ばそれまでだ／たらそれまでだ

｜意味｜ もし～のようなことがあれば全てが終わる　一旦…就完了

｜接続｜ 動詞ば ＋それまでだ
動詞た形＋ら ＋それまでだ

｜説明｜

表示一旦發生某些情況，就沒辦法再挽回或是改變其結果。可以用來指白費先前的努力，或是一切就完了的情況。

｜例文｜

◆ いくら百万長者であろうと、やたらにお金を使い尽くせばそれまでだ。
不管再怎麼有錢的人，一旦揮霍無度把錢用光的話也就完了。

◆ 高級ブランドの外車でも、事故に遭えばそれまでだ。運転はやはり安全第一だね。
就算是高級進口名車，一旦遇到事故也沒轍。開車還是安全至上。

◆「命あっての物種」ということで、命をなくしてしまったらそれまでだ。
正所謂「留得青山在，不怕沒柴燒」，命沒了就什麼都沒了。

｜実戦問題｜

苦心して経営しているチャンネルはもし＿＿＿　＿＿＿　＿★＿　＿＿＿。

1 それまでだ　　2 遭ったら
3 風評被害　　4 に

105 ～ならまだしも／はまだしも

意味 ～という場合はまだいいが　如果是…就另當別論；如果…就罷了

接続

名詞
ナ形
イ形普通形
動詞普通形
　＋ならまだしも／はまだしも

説明

用以表達若為前者的狀況尚可接受，但要是後者就令人難以忍受。通常後文會表現出說話者的抱怨或不滿等情緒。

例文

◆ 大学生ならまだしも、博士後期まで来たらこの程度の知識を持っていないとは、言語道断としか言えない。

如果是大學生也就罷了，都已經念到博士班還沒有這點知識，只能說是太不像樣了。

◆ 夜８時くらいならまだしも、１１時にもなって洗濯するとは非常識にもほどがある。

如果是晚上８點左右還好說，都 11 點了還在洗衣服，沒常識也該有個限度。

◆ 自分で頑張って稼いだお金はまだしも、親からもらったお金を使って見栄を張って奢るなんてどういうつもり。

如果是自己努力賺的錢也就罷了，拿父母給的錢擺闊請客，到底怎麼想的？

実戦問題

気温＿★＿ ＿＿＿ ＿＿＿ ＿＿＿が 23 度くらいで冷房をつけっぱなしで寝るのはちょっと無駄だと思う。

1 室内温度　**2** 暑い　**3** が　**4** ならまだしも

106 ～ならいざしらず／はいざしらず　書面語

意味 ～という場合は特別なので、例外だが　姑且不論…

接続 名詞＋ならいざしらず／はいざしらず

説明

舉出某種特殊情況或極端事例，用以表示該種情況屬於例外，或是不在討論範圍內。前後句描述的情況通常會使用反義詞。

例文

◆ 昔（むかし）ならいざしらず、今（いま）どきに「オレオレ詐欺（さぎ）」に騙（だま）される人（ひと）はいるのか。

姑且不論以前，時至今日還會有人被佯裝成家人或朋友的電話詐騙嗎？

◆ 小学校（しょうがっこう）の時（とき）ならいざしらず、高校（こうこう）にも入（はい）って、まだ自分（じぶん）で通学（つうがく）できないというのは過保護（かほご）にされているということですね。

國小時姑且不論，都上高中了還沒辦法自己上下學，家裡真是太過度保護了呢。

◆ 他人（たにん）はいざしらず、うちの流儀（りゅうぎ）は世話（せわ）になった人（ひと）には必（かなら）ず恩返（おんがえ）しする、やられたらやり返（かえ）すのだ。

別人家姑且不論，我們家裡的做法是有恩必還、有仇必報。

実戦問題

アメリカのような＿＿＿　＿★＿　＿＿＿　＿＿＿のような小さい国は、国々の狭間を潜り抜けなければならない。

1 いざしらず　　**2** なら

3 大国　　**4** 我が国

107 ～であれ

書面語

意味 ～でも　無論…；即使…

接続 名詞／疑問詞＋であれ

説明

表示說話者的主張堅定，不會因前項任何特例或情況而有所動搖。常搭配「たとえ」、「どんな」或其他疑問詞一起使用。

例文

◆ どんな親(おや)の子供(こども)であれ、教育(きょういく)を受(う)ける機会(きかい)は平等(びょうどう)である。

無論是怎樣的父母所生，兒童受教育的機會都平等。

◆ 彼(かれ)の過去(かこ)がどうであれ、私(わたし)の彼(かれ)に対(たい)する気持(きも)ちは変(か)わりません。

無論他的過去如何，我對他的心意不會改變。

◆ たとえ首相(しゅしょう)であれ、法律(ほうりつ)に反(はん)するようなことはしてはいけない。

即使是首相，也不可以做諸如違法的事。

重要

「～であれ」也可以寫成「～であろうと」。另外，外觀相似的文法「～であれ～であれ」為列舉事例，表示無論哪種情形都是如此，詳細介紹請參考本書文法35「～であれ～であれ」。

実戦問題

たとえ＿★＿ ＿＿ ＿＿ ＿＿、一流の教育を受けさせたいものだ。

1 海外留学させ　　**2** であれ

3 子供を　　**4** 貧乏

108 ～てからというもの　書面語

意味 ～してから、ずっと～　自從…後

接続 動詞て形＋からというもの

説明

表示以該動作為分界點，發覺事情有了很大的改變，和以前明顯不同。

例文

◆ 社会人(しゃかいじん)になってからというもの、彼(かれ)は毎日夕食(まいにちゆうしょく)を自炊(じすい)している。

自從出了社會之後，他每天都自己煮晚餐。

◆ 台湾(たいわん)に来(き)てからというもの、毎日油(まいにちあぶら)っこい物(もの)ばかり食(た)べているので太(ふと)ってしまった。

我自從來了臺灣以後，每天都吃些油膩的食物而變胖了。

◆ 近所(きんじょ)の一人(ひとり)暮(ぐ)らしのおじいさんは、愛犬(あいけん)が亡(な)くなってからというもの、あまり笑(わら)わなくなった。

附近的一位獨居爺爺自從愛犬過世後，變得很少笑了。

重要

文法「～て以来」的意思亦為「自從…之後」，但「～て以来」為客觀敘述事情的變化，「～てからというもの」則包含了說話者的感情，為主觀用法。

実戦問題

大学時代の親友は大手企業＿＿＿＿ ★ ＿＿＿＿ ＿＿＿＿、だんだん遠ざかってしまった。

1 という　　**2** もの　　**3** 入ってから　　**4** に

109 ～こととて　書面語

意味　～だから　因為…

接続　名詞の／ナ形な／イ形普通形／動詞普通形 ＋こととて

説明

表示原因，前文先鋪陳理由，後文通常接關於請求諒解的內容，或是道歉的話語。屬於略為生硬的用法，多用於書信及正式場合。

例文

◆ 遠隔地(えんかくち)のこととて遅(おそ)くなってしまいました。

因為路途遙遠而來晚了。

◆ 慣(な)れないこととて、大変失礼(たいへんしつれい)いたしました。

因為還不習慣，真的非常對不起。

◆ 新人(しんじん)のやったこととて、大目(おおめ)に見(み)てやってください。

因為是新進人員所做，就請別再追究。

重要

「～こととて」前面接續的否定形「ない」的部分可替換成「ぬ」，例如上方例句中的「慣れないこととて」可寫成「慣れぬこととて」。

実戦問題

新入り＿＿　＿★＿　＿＿　＿＿ください。

1 お許し　**2** こととて　**3** の　**4** どうか

110 ～（が）ゆえ（に） 書面語

意味 ～が原因・理由で　因為…

接続
名詞（の／である／だった）
ナ形（の／である／だった）
イ形普通形
動詞普通形
＋（が）ゆえ（に）

説明

用來強調原因、理由，後面不可以接續命令等意志表現。屬於正式用語，且源自於日語古文說法，所以語氣較為生硬。

例文

◆ 女性(じょせい)であるがゆえになかなか昇進(しょうしん)できないという現状(げんじょう)を見過(みす)ごすことはできない。

無法忽視因為是女性就難以升職的現況。

◆ 未熟(みじゅく)であるがゆえに、仕事(しごと)でミスをすることが多(おお)い。

因為不熟練，工作上經常犯錯。

◆ このラベンダー畑(ばたけ)は美(うつく)しいがゆえに、毎年国内外(まいとしこくないがい)を問(と)わず、多(おお)くの観光客(かんこうきゃく)が訪(おとず)れる。

因為這片薰衣草花田很美麗，每年不分國內外都有很多觀光客造訪。

実戦問題

社長は相手のご都合主義的なやり方に＿＿　＿＿　＿★＿　＿＿付き合いを断ってしまった。

1 ゆえ　　**2** 両社の　　**3** 激怒した　　**4** に

模擬試験

次の文の（　　）に入れるのに最もよいものを、1・2・3・4から一つ選びなさい。

1 たとえ国王（　　）法を犯すと庶民と同罪だ。

1 であれ　　**2** をめぐって
3 に従って　　**4** にもまして

2 罰金（　　）、運転免許が取り消されたら、大変なことになる。

1 には及ばない　　**2** ならまだしも
3 にして　　**4** に足る

3 田上さんは恋人と別れ（　　）、生きる気力を失ったかのように、毎日嘆いている。

1 てでも　　**2** てまで
3 てからでないと　　**4** てからというもの

4 彼は現状を見極められない（　　）同じ過ちを繰り返す愚かな人間だ。

1 がゆえに　　**2** のに　　**3** うちに　　**4** からして

5 赤ちゃんが起きれ（　　）。一晩中泣き続けて、みんな寝られなくなるよ。

1 ばいいものを　　**2** ばよかったのに
3 ばそれまでだ　　**4** ばこそ

6 嫌な人（　　）、自分の親友さえ騙すなんて、こんな人間は本当に最低だ。

1 をよそに　　**2** ならいざしらず
3 において　　**4** にひきかえ

7 鍵をなくし（　　）なくしたで、事務室に合鍵があるから全然大丈夫。

1 ても　　**2** たら　　**3** たから　　**4** てでも

⑧ あの犯罪者は刑務所に入っ（　　）今までの努力は台無しだと言っていた。

1 たら最後　**2** たかわきりに　**3** たにあたらない　**4** たにたえない

⑨ あの時ちゃんと予習すればいい（　　）、今更後悔しても何にもならない。

1 が　**2** なので　**3** にもかかわらず　**4** ものを

⑩ 連日の大雨の（　　）、農作物の収穫は大幅減少し、申し訳ありません。

1 であって　**2** こととで　**3** ことあって　**4** こととて

⑪ 躾の悪い出身の（　　）無礼に振る舞うに至った。

1 ある　**2** ゆえの　**3** ゆえに　**4** あってに

⑫ 議員の不正が発覚され（　　）民衆の信頼を失うに違いない。

1 ながら　**2** たが最後　**3** つつ　**4** ても

⑬ 財布を忘れ（　　）忘れたで、今スマホで支払う方法もあるよ。

1 たら　**2** ようが　**3** ても　**4** だったら

⑭ 贅沢な生活に慣れ（　　）。素朴な日々に逆戻りできなくなるよ。

1 限りだ　**2** 始末だ　**3** たらそれまでだ　**4** ものだ

⑮ 人間は高度な知恵があれ（　　）、地球を支配することができるのだ。

1 ばこそ　**2** にも　**3** と　**4** も

Checklist

- □ **111**　～なくもない
- □ **112**　～ないとも限らない
- □ **113**　～ないまでも
- □ **114**　～ないものでもない
- □ **115**　～ずにはおかない／ないではおかない
- □ **116**　～ずにはすまない／ないではすまない
- □ **117**　～んがため（に）／んがための
- □ **118**　～んばかりに／んばかりの／んばかりだ
- □ **119**　～ってば
- □ **120**　～かい／だい
- □ **121**　～ところ（を）

111 ～なくもない

｜意味｜ ①まったく～ないのではない　也不是不做…

②～という気持ちがまったくないのではない　（心情上）不是不…

｜接続｜

名詞で
ナ形で
イ形く
動詞~~ない~~
＋なくもない

｜説明｜

① 利用雙重否定來表達消極肯定，表示某事發生的可能性並非為零，在某些情況下仍會去做。意思類似文法「～ないことはない」。

② 利用雙重否定表達消極肯定，表示並非完全沒有某種心情。

｜例文｜

①

◆ タバコを吸わなくもないが、健康のために、できる限り避けている。

我也不是不抽菸，只是為了健康，盡可能避免。

◆ 友達の会社に面接を受けに行きたくなくもないけど、コネを使うと言われたくないだけだ。

我也不是不想去朋友的公司面試，只是不想被別人說靠關係罷了。

②

◆ 彼女が好きでなくもないが、今のところは仕事に精を出さないといけない時期で、この気持ちを心に秘めておかざるを得ない。

也不是不喜歡她，但現正處於必須努力工作的時期，不得不將情愫埋藏心底。

◆ 会社が倒産した君の気持ちがわからなくもないけど、また立ち直ればいい。一緒に頑張っていこう。

公司倒閉，我也不是不明白你的心情。但再重新振作起來就好，一起繼續努力下去吧。

実戦問題

富＿＿ ＿＿ ＿★＿ ＿＿、自分の力で手に入れなければ意味がないから、もうちょっと踏ん張って頑張ろうと思う。

1 なくもない　**2** 欲しく
3 けど　**4** が

合格

112 ～ないとも限らない

意味 ～かもしれない　也許會…；說不定…；不見得不…

接続
名詞じゃない
動詞ない形
＋とも限らない

説明

利用雙重否定表示肯定的形式，用以表達說話者擔心或不確定的事物。多用於負面事物，後半句常接說話者對應前句負面情況的方法。

例文

◆ 登山初心者におすすめの山とはいえ、濃霧に遭って危険に陥らないとも限らないので、ベテランに伴ってもらったほうがいいよ。

雖說是適合登山初學者爬的山，但也可能會遇到濃霧而身陷險境，所以還是請個老手帶路比較好喔。

◆ 公衆衛生のいい国へ行くからといって、病気にかからないとも限らないので、薬などを持っていく必要があるだろう。

雖說要去衛生條件好的國家，但也未必就不會生病，還是必須帶些藥品之類的過去。

◆ 貴重品を目立たないところにしまっても、盗まれないとも限らないから、家庭用金庫を購入し保管したら安心だと思う。

把貴重物品收在不顯眼的地方未必不會失竊，我想還是買個家用保險箱來保管比較安心。

実戦問題

「地獄の沙汰も金次第」と言いますが、君の財産の半分出して頼めば、手＿＿＿＿　＿＿＿＿　＿★＿　＿＿＿＿よ。

1 貸さない　　**2** 限らない　　**3** とも　　**4** を

113 ～ないまでも

意味 ～の程度でなくても　即使不…但…

接続 動詞ない形＋までも

説明

表示對於事物程度的看法，強調就算未達到前項，至少也是後項的水準。後項為相對之下程度較低的要求，因此經常搭配「せめて」或「少なくとも」一起使用。

例文

◆ 直接訪問しないまでも、せめてメールや電話くらいはしたほうがいい。

即使不直接拜訪，至少也傳電子郵件或打電話比較好。

◆ 宇宙飛行士にはなれないまでも、天文に関する仕事につきたい。

即使無法成為太空人，我還是想從事與天文相關的工作。

◆ 日本語能力試験に合格したかったら、1日5時間とは言わないまでも、毎日こつこつ勉強することです。

若想通過日本語能力試驗，雖說不用1天念書5小時，但還是要每天用功。

重要

本文法常見用法有「～とは言わないまでも／言えないまでも」以及「～とはいかないまでも」等形式。

実戦問題

6日連続出勤したので、＿＿　＿★＿　＿＿　＿＿、残業手当くらいはあるはずだ。

1 も　　**2** まで　　**3** しない　　**4** 昇給

114 ～ないものでもない

意味 場合によっては～するかもしれない　不是不…；有可能…

接続 動詞ない形＋ものでもない

説明

利用雙重否定，表示無法否定某件事毫無可能性，為消極的肯定，意思類似文法「～なくもない」。

例文

◆ 原稿料（げんこうりょう）を上（あ）げれば、この執筆依頼（しっぴついらい）を受（う）けないものでもない。

如果提高稿費，也不是不能接受這次的寫稿委託。

◆ 上司（じょうし）の何（なん）でもない一言（ひとこと）が部下（ぶか）の心（こころ）を深（ふか）く傷（きず）つけないものでもないんですよ。

上司無心的一句話，有可能會深深地傷害下屬的心。

◆ 試験（しけん）まであと1か月（いっかげつ）しかないと言（い）っても、集中（しゅうちゅう）して勉強（べんきょう）すれば合格（ごうかく）できないものでもないと思（おも）いますよ。

雖說到考試為止只剩1個月，但若集中心力用功讀書，我覺得未必考不上。

重要

「～ないものでもない」、「～なくもない」和「～ないことはない」三個文法的意思都為「不是不…」，但前兩者與「～ないことはない」相比，心態更為消極且保留。

実戦問題

プロのチームと社会人チームの実力の差は大きいですが、アマチュアは絶対に ＿＿ ＿＿ ＿★＿ ＿＿と思います。

1 ない　**2** でも　**3** 勝てない　**4** もの

115 ～ずにはおかない／ないではおかない

意味　①自然と～してしまう　（自然）會…

②必ず～する　絕對要…

接続　動詞~~ない~~＋ずにはおかない

動詞ない形＋ではおかない

説明

前面多接動詞使役形，「～ずにはおかない」為書面語，口語對話多用「～ないではおかない」。

① 表示被外界激發而自然引起的反應，與意志無關。句子的主詞為非生物，且經常搭配感情相關的動詞。

② 表示強烈決心，多用於把對象逼入某種狀況。

例文

①

◆ 劇団創立100周年（げきだんそうりつひゃくしゅうねん）を記念（きねん）して上演（じょうえん）されるこのミュージカルは、多（おお）くの観客（かんきゃく）を感動（かんどう）させずにはおかない。

紀念劇團成立100週年而上演的這齣音樂劇，一定會感動許多觀眾。

◆ その子供（こども）の利発（りはつ）さは大人（おとな）を感心（かんしん）させないではおかない。

那個小孩的聰明伶俐一定會讓大人覺得欽佩。

②

◆ 腐（くさ）った豚肉（ぶたにく）を売（う）られてしまったので、スーパーにクレームをつけずにはおかない。

竟販賣發臭的豬肉，我一定要向超市投訴。

◆ 今日（きょう）こそあなたの浮気（うわき）のことを白状（はくじょう）させないではおかないよ。

今天絕對要讓你把外遇的事情從實招來。

動詞「する」接續「～ずにはおかない」時為「せずにはおかない」。

實戰問題

何年の歳月をかけようと、己の剣術を鍛え、師匠の無念____ ____ ____ __★__。

1 を　　**2** には　　**3** 晴らさず　　**4** おかない

必勝

116 ～ずにはすまない／ないではすまない

意味 ～しなければならない　不得不…；不…不行

接続 動詞~~ない~~＋ずにはすまない

動詞ない形＋ではすまない

説明

表示考量到社會常理或當下的情況，而不得不做某件事。「～ずにはすまない」為書面語，屬於較生硬的說法，口語對話多用「～ないではすまない」。

例文

◆ 国会議員の汚職が発覚した。今度ばかりは秘書だけでなく議員自身も辞職せずにはすまない。

爆發了國會議員貪汙事件。這次不光是祕書，連議員本身也不得不辭職。

◆ 同僚のほとんどが寄付金を出しているのだから、僕も出さずにはすまないだろう。

因為幾乎所有的同事都捐了款，看來我也不得不捐了吧！

◆ 人から借りたノートパソコンは早急に返さないではすまない。

跟人借的筆記型電腦不得不趕快歸還。

重要

動詞「する」接續「～ずにはすまない」時為「せずにはすまない」。

実戦問題

タクシーで行こうとしたが、交通渋滞で＿★＿ ＿＿＿ ＿＿＿ ＿＿＿。

1 すまない　　2 電車に　　3 には　　4 乗らず

117 ～んがため（に）／んがための　書面語

｜意味｜　～するため　為了…

｜接続｜　動詞~~ない~~＋んがため（に）／んがための

｜説明｜

表示欲積極達成某項目的，為生硬的書面語，幾乎不用在日常對話。修飾名詞時使用「～んがための＋名詞」之形式。

｜例文｜

◆ 全国大会で優勝せんがため、吹奏楽部の全員が一生懸命練習に取り組んでいる。

為了在全國大賽獲得冠軍，管樂團的所有人都拚命地努力練習。

◆ 人は生きんがために食べ、食べんがために働くといいます。

人可說是為了生存而吃飯，為了填飽肚子而工作。

◆ 「生まれるということは死なんがための準備であり、人間は死なんがために生まれてきたのだ」と考える人がいる。

有人認為「出生即是為了死亡做準備，人是為了經歷死亡才來到人世」。

重要

「動詞~~ない~~＋ん」為古文，表示意志，「ん」前接的活用方式同現代日語的動詞否定形，須留意遇到前接動詞「する」時寫成「せんがため」。

｜実戦問題｜

何人かの強豪の＿＿　＿★＿　＿＿　＿＿、どんな手を使ってでも勝利したい。

1 から　　**2** 中

3 勝ち抜かん　　**4** がため

118 ～んばかりに／んばかりの／んばかりだ　書面語

意味　～しそうな様子で　看似就要…

接続　動詞な~~い~~＋んばかりに／んばかりの／んばかりだ

説明

表示眼看即將呈現某種狀況，用來描述後項動作的程度，為誇大的形容用法。除了作為副詞修飾動詞的「～んばかりに」之外，還有修飾名詞的「～んばかりの＋名詞」，以及置於句尾的「～んばかりだ」之形式。須留意本文法不能用於描述說話者自己。

例文

◆ 弟はオリンピックのチケット抽選結果を知って、飛び上がらんばかりに喜んだ。

弟弟得知奧運門票的抽籤結果之後，樂得幾乎要跳起來。

◆ 彼はいつも「近づくな」と言わんばかりの態度をとっているので、クラスメートから疎遠にされる。

他總是擺出一副別靠近我的態度，所以被同學疏遠。

◆ 士林夜市は毎晩観光客であふれんばかりだ。

士林夜市每晚都被觀光客擠得水泄不通。

重要

「～んばかりに」前接動詞「する」時寫為「せんばかりに」。

実戦問題

彼は＿＿＿　＿★＿　＿＿＿　＿＿＿と別れないでくれと土下座している。本当に情けないやつだ。

1 泣かん　　2 恋人に　　3 自分　　4 ばかりに

119 ～ってば

意味　①～と言っただろう　我不是說過…了嗎？

②相手を呼びかけを表す感嘆詞　喂！（感嘆詞）

接続　①名詞普通形
ナ形普通形
イ形普通形
動詞普通形　｝＋ってば

②名詞＋ってば

説明

①置於句尾，用以強調之前已經說過，且帶有不耐煩的語氣。

②口語上用於重複呼叫某人時使用，大多帶有不滿的語氣。

例文

①

◆ A：学校(がっこう)終(お)わったら、すぐ帰(かえ)るよ。

下課後要馬上回家。

B：わかったってば。

就說過我知道了啦！

◆ A：リハーサルはいつだっけ。

那個彩排是什麼時候呀？

B：あした午後(ごご)4時(よじ)だってば。

我不是跟你說過是明天下午4點了嗎？

②

◆ ねえねえ、佐藤(さとう)くん、佐藤(さとう)くんってば、ちゃんと聞(き)いてるの？

喂，佐藤、佐藤！你有好好在聽嗎？

◆ A：山田くん、これ、借りるよ。

山田，這個我借走了。

B：…。

……。

A：山田くんってば！

喂！山田！

| 実戦問題 |

一体何やってんの？来週の会議＿★＿ ＿＿ ＿＿ ＿＿。

1 ってば　　**2** 資料を

3 までに　　**4** 準備しとけ

120 ～かい／だい

意味 ～か　…嗎？

接続

名詞
ナ形普通形
イ形普通形
動詞普通形
＋かい／だい

説明

「かい」和「だい」表示疑問，為日常對話中的男性用語。當問句含有疑問詞時用「だい」，不含疑問詞時則用「かい」，且句尾語調會上揚。須特別注意此用法不可對長輩使用。

例文

◆ この臭豆腐（しゅうどうふ）はうまいかい？

這個臭豆腐好吃嗎？

◆ これから映画（えいが）を見（み）に行（い）くんだけど、杉本（すぎもと）くんも一緒（いっしょ）に来（く）るかい？

我們接下來要去看電影，杉本你要不要也一起來？

◆ あのチェック柄（がら）のマフラーをしている人（ひと）は誰（だれ）だい？

那個圍著格紋圍巾的人是誰？

実戦問題

これからみんなでＴ大の人と合コンに行く。＿＿＿ ＿＿＿ ＿★＿ ＿＿＿？

1 かい　**2** 一緒に　**3** 行く　**4** 君も

121 ～ところ（を）

意味 ～の時なのに　在您正…時

接続

名詞の
ナ形な
イ形い
動詞普通形

＋ところ（を）

説明

用於打擾到對方當時的狀態，表達說話者擔心造成他人麻煩。前面常接「お休み」、「お忙しい」、「ご多忙」等詞語，後文常接續致歉、請託、感謝等句子。日常會話中「を」可省略不說。

例文

◆ お休みのところを起こしてしまってすみません。

在您正休息的時候吵醒您，真是不好意思。

◆ お楽しみのところを、大変恐縮ですが、これでお開きとさせていただきます。

大家正開心的時候，雖然非常過意不去，就容我們就此散會。

◆ お忙しいところを、申し訳ありませんが、少しだけ時間をいただけないでしょうか。

百忙之中，真是不好意思，能不能請您給我一點點時間？

実戦問題

お取り込み中＿＿＿　＿＿＿　＿★＿　＿＿＿が、例の件について報告せねばならぬことがありました。

1 の　　2 を

3 ところ　　4 申し訳ありません

模擬試験

次の文の（　　）に入れるのに最もよいものを、1・2・3・4から一つ選びなさい。

1 コントの内容が面白すぎて、おしとやかな彼女も爆笑せ（　　）堪えている。

1 んばかりに　**2** んばかりの　**3** んばかりだ　**4** んばかり

2 治安の良いところでもスリや泥棒などが（　　）から、あまり多くの現金を持っていかないほうがいいかもしれない。

1 いるからには　**2** いないとも限らない
3 いなくて　**4** いいながら

3 彼は見栄っ張りで何かブランド品を手に入ったら、すぐに皆に見せ（　　）。

1 ずにおく　**2** ないではおかない
3 なくてはおかない　**4** ない

4 お疲れの（　　）申し訳ありませんが、ご依頼の資料を提出させていただきます。

1 ところを　**2** ところが　**3** ところで　**4** ところに

5 子供の時、自分に恩のある人にはお返しを（　　）と両親から教わった。

1 せずにない　**2** せずにすむ
3 しない　**4** せずにはすまない

6 新会社のためにあちらこちらへ走り回り、自分を見捨てた元の上司を後悔させ（　　）。

1 ないでおく　**2** なくておく　**3** ておかない　**4** ずにはおかない

7 奇遇だな！今飲み会に行くところだ。いっしょに来る（　　）。

1 がい　**2** なのだ　**3** かい　**4** からだ

⑧ 24時間のウルトラマラソンを終えたあと、彼は筋肉痛で死（　　）。

1 なんばかりだ　　2 ぬとばかりに

3 んだばかりだ　　4 ぬにもまして

⑨ 人間はときに自分が生き延び（　　）、仲間を裏切ることもあるようだ。

1 るかのように　　2 ないで　　3 んがために　　4 るかぎり

⑩ 法律を犯したら、制裁を受け（　　）。

1 に堪えない　　2 ずにはすむ

3 ないではすまない　　4 に限らない

⑪ 交渉の相手は敵対勢力ではないが、慎重に対応しないと戦争にならない（　　）と思う。

1 ものでもない　　2 ことじゃない

3 ものじゃない　　4 ものではない

⑫ 彼の英語の発音は完璧とは言え（　　）、少なくとも職場で外国人とコミュニケーションを取ることができる。

1 ないことには　　2 ないまでも　　3 なくても　　4 ないし

⑬ A：脱いだ靴下を片付けなさい。

B：わかった（　　）！

1 つてば　　2 ってぱ　　3 ってば　　4 っては

⑭ 家族の汚名返上せ（　　）犠牲なら、何でも引き受けられる。

1 なくて　　2 ないで　　3 んがため　　4 んがための

⑮ 君の気持ちが理解でき（　　）、失敗したらずっとへこんでいても無駄だよ。

1 なくもないが　　2 ないまでも　　3 ないで　　4 なくて

新日檢制霸！N1
文法特訓班

必勝

Checklist

□ 122　尊敬語

□ 123　（お）～でいらっしゃる

□ 124　見える／お見えになる

□ 125　召す

□ 126　貴～

□ 127　謙譲語

□ 128　お／ご～申し上げる

□ 129　お／ご～願う

□ 130　うけたまわる

□ 131　拝～（する）

□ 132　丁寧語

122 尊敬語

說明

「尊敬語」是透過抬高對方的地位，對動作或狀態的主體及其所有物表示敬意，要表示敬意的對象一般是說話者的上級、長輩或群體外部的人。主要有以下幾種表達方式：

①特殊尊敬語

部分動詞本身有專用的尊敬語型態，例如：「いる・来る・行く→いらっしゃる」、「言う→おっしゃる」、「くれる→くださる」。（其他請參考「常用特殊敬語一覽表」）

②お／ご＋動詞~~ます~~＋になる

和語動詞（非「する」結尾）的ます形去掉「ます」改成「お～になる」之形式，漢語動詞（多為兩音讀漢字，並以「する」結尾）去掉「する」改成「ご～になる」之形式即為尊敬語，例如：「読む→お読みになる」、「説明する→ご説明になる」。

③漢語動詞~~ます~~＋なさる

漢語動詞去掉「する」改成「～なさる」之形式，例如：「研究する→研究なさる」。

④～（ら）れる

敬意程度較低，但當動詞不容易變成「お／ご～になる」或「～なさる」等形式的尊敬語時，則使用本形式，例如：「来る→来られる」、「間に合う→間に合われる」。

⑤お／ご＋動詞~~ます~~＋です

如果是「動詞て形＋いる」，改成「お／ご～です」之形式也是生活中常見的尊敬語，例如：「持っている→お持ちです」。須留意部分動詞不適用。

⑥お／ご＋動詞~~ます~~＋くださる

如果是「動詞て形＋くれる」，則可改為「お／ご～くださる」之形式，例如：「参加してくれる→ご参加くださる」。

⑦お／ご＋名詞／形容詞

在名詞或形容詞前面，加上表示尊敬的接頭語「お」或「ご」，表示對狀態主體或其所有物的敬意。常見的例子有「ご住所」、「お元気」、「お忙しい」等。

▌例文▌

◆ お名前は何とおっしゃいますか。

請問尊姓大名？

◆ その本、お読みになったら、貸していただけませんか。

那本書您看完之後，可以借給我嗎？

◆ 喫煙場所以外での喫煙はご遠慮ください。

請勿在吸菸區以外的地方吸菸。

重要

留意有三種情況無法使用「お／ご～になる」的句型變化，須用其他形式。

①第三類動詞的「する」和「来る」。

②「いる」、「見る」、「寝る」等由兩音節組成的第二類動詞。

③其他通常使用特殊尊敬語形式的動詞，例如「言う」、「くれる」等。

▌実戦問題▌

先生＿＿＿ ＿＿＿ ＿＿＿ ＿★＿たるものは一心不乱に勉強すべきです。

1 の　　**2** 受験生

3 とおり　　**4** おっしゃった

123 （お）～でいらっしゃる

意味 相手が～だ　（對方保持）…狀態

接続 ナ形＋でいらっしゃる

イ形く＋ていらっしゃる

説明

尊敬語，用於說話者語帶敬意描述他人的狀態。「いらっしゃる」接在形容詞的「て形」後，等同「ナ形容詞／イ形容詞＋です」的尊敬語。此時形容詞「て形」的前面通常會再加上「お」，變成「お＋ナ形＋でいらっしゃる」或是「お＋イ形くていらっしゃる」。

例文

◆ いつもおきれいでいらっしゃいますね。

您一直都是這麼漂亮呢。

◆ いつまでもお若(わか)くていらっしゃいますね。若(わか)さの秘訣(ひけつ)は何(なん)でしょうか。

您無論何時看起來都很年輕呢。請問保持年輕的秘訣是什麼？

◆ 先生(せんせい)はお顔(かお)が広(ひろ)くていらっしゃる学者(がくしゃ)で、学会(がっかい)で大活躍(だいかつやく)なさっています。

老師是一位人脈廣闊的學者，在學界非常活躍。

実戦問題

佐藤社長のお嬢さんは仕草がいつも、＿＿ ＿★＿ ＿＿ ＿＿ね。

1 お　　**2** で

3 上品　　**4** いらっしゃいます

124 見える／お見えになる

｜意味｜ 相手が来る　（對方）來；抵達

｜説明｜

用於尊稱對方「來」、「抵達」的動作。須注意「見える」此一動詞本身就是「来る」的尊敬語，不過敬意程度不及「お見えになる」。亦可作「お見えです」。

｜例文｜

◆ お客さんが見える前に身なりを整えなさい。

客人到之前先整理好儀容。

◆ 取引先の野口様がお見えになりました。

客戶野口先生已經來了。

◆ 水野先生がお見えです。

水野老師來了。

重要

由於「見える」本身即為「来る」的尊敬語，因此「お見えになる」實為雙重敬語。但因長期使用，已經成為一種固定的說法，而不再視為誤用。另外，「来る」還有其他的特殊尊敬語型態，其尊敬程度排序如下（由高至低）：
お見えになる > お越しになる・いらっしゃる > 来られる

｜実戦問題｜

鳥耕作会長＿＿＿　＿★＿　＿＿＿　＿＿＿。

1 お見え	**2** に
3 なりました	**4** が

125 召す

意味 相手が～する　（對方）做…

説明

「召す」是「着る」、「飲む」、「（風邪を）ひく」、「（年を）とる」、「（気に）入る」等動詞的尊敬語，廣義上也是動詞「する」的尊敬語，具多種含義。主要作為慣用語，用於形容對方的狀態。

例文

◆ 皆様(みなさま)もお風邪(かぜ)を召(め)さぬようお気(き)をつけください。

也請各位留意不要受到風寒。

◆ この商品(しょうひん)はお子様(こさま)やお年(とし)を召(め)した方(かた)にも、安全(あんぜん)にお使(つか)いいただけます。

這項產品無論是兒童或年長者都能安全使用。

◆ 素敵(すてき)な洋服(ようふく)を召(め)していらっしゃいますね。

您身上的衣服真美。

重要

比「召す」更尊敬的說法還有「召される」或「お召しになる」，這兩種說法雖為雙重敬語，但已成為日本人生活中的慣用語。

実戦問題

お酒＿＿＿ ＿＿＿ ＿＿＿ ＿★＿、お体大切にお過ごしください。

1 あまり　**2** 召さない　**3** を　**4** ように

126 貴～

意味 あなたの～　貴…

接続 貴＋名詞

説明

接頭語，尊稱與第二人稱相關的事物，主要用於書信。常見的有「貴社」、「貴店」、「貴国」、「貴会」等。

例文

◆ 貴社ますますご隆盛のこととお慶び申し上げます。

謹此恭賀貴公司事業日益興隆。

◆ 貴会からの６月１２日付けの手紙が郵送されてまいりました。

已收到貴機構６月12日寄出的信件。

◆ 大学の後輩である貴君に、私はできる限りの力添えをするつもりです。

你是我大學的學弟，我會竭盡所能幫助你。

重要

「貴君（きくん）」是第二人稱代名詞「你」，為男性在書信中稱呼同輩或晚輩男性的方式。

実戦問題

以前____ __★__ ____ ____愛用させていただいております。

1 より　　**2** の製品　　**3** を　　**4** 貴社

127 謙譲語

｜說明｜

謙譲語可分為「謙譲語Ⅰ」和「謙譲語Ⅱ」。「謙譲語Ⅰ」必須有尊敬的動作對象，透過降低我方的地位向該對象表示敬意。主要有以下幾種表達方式：

①特殊謙譲語

部分動詞本身有專用的謙譲語型態，例如：「言う→申し上げる」、「もらう→いただく」、「見る→拝見する」。（其他請參考「常用特殊敬語一覽表」）

②お／ご＋動詞~~ます~~＋する

和語動詞改成「お～する」之形式，漢語動詞改成「ご～する」之形式即為尊敬語，例如：「伝える→お伝えする」、「紹介する→ご紹介する」。

③お／ご＋動詞~~ます~~＋いたす

動詞ます形去掉「ます」改成「お／ご～いたす」之形式，比「お／ご～する」還要有禮貌。例如：「断る→お断りいたす」、「説明する→ご説明いたす」。

④お／ご＋動詞~~ます~~＋申し上げる

動詞ます形去掉「ます」改成「お／ご～申し上げる」之形式，例如：「喜ぶ→お喜び申し上げる」、「相談する→ご相談申し上げる」。

⑤お／ご＋動詞~~ます~~＋いただく

如果是「動詞て形＋もらう」，則可改為「お／ご～いただく」之形式，例如：「参加してもらう→ご参加いただく」。

⑥お／ご＋名詞

使用表示謙讓的接頭語「お」或「ご」，接在名詞的前面，常見的例子有「（あなたへの）お手紙」、「（あなたへの）ご連絡」等。

「謙讓語Ⅱ」又稱為「丁重語」，以特殊謙讓動詞描述與對方無直接關係的事物的動作或狀態，單純降低我方的地位，對聽者表達鄭重的敬意。常見的例子如下：「いる→おる」、「言う→申す」、「する→いたす」。

例文

◆ これから学生寮（がくせいりょう）のルールについてご説明（せつめい）いたします。

接下來我將說明學生宿舍的規定。

◆ 本日（ほんじつ）も旭川（あさひかわ）バスをご利用（りよう）いただき、ありがとうございました。

感謝各位今日再度搭乘旭川客運。

◆ 私（わたし）は、大阪大学（おおさかだいがく）の北原教授（きたはらきょうじゅ）のことは以前（いぜん）から存（ぞん）じ上（あ）げておりました。

我從以前就知道大阪大學的北原教授。

重要

動詞「参る」為「行く」和「来る」的謙讓語，在敬語分類上屬於「謙讓語Ⅱ（丁重語）」，以下將介紹「参る」的用法區別：

◆ 明日（あした）9時（くじ）に社長（しゃちょう）のお迎（むか）えに参（まい）ります。

明天9點我將去迎接總經理。

→移動目的存在須表示尊敬的動作對象，且該動作對象即為聽者，表達對聽者的敬意。

◆ 3番線（さんばんせん）に電車（でんしゃ）が参（まい）ります。

3號月臺列車即將進站。

→移動目的不存在須表示尊敬的動作對象，僅表達對聽者的敬意。

実戦問題

先日、社長の奥様に京都老舗＿＿ ＿★＿ ＿＿ ＿＿、妻と頂戴しました。

1 和菓子　　**2** を　　**3** の　　**4** いただき

128 お／ご～申し上げる

意味 私が～する　（我方）做…

接続 お＋（和語）動詞~~ます~~＋申し上げる

ご＋（漢語）名詞~~する~~＋申し上げる

説明

謙讓語，向對方謙稱自己動作時的說法。「お／ご～申し上げる」的說法比「お／ご～いたす」和「お／ご～する」更加謙遜，多用於書信或請託等正式場合。

例文

◆ お忙(いそが)しいところ恐(おそ)れ入(い)りますが、何卒(なにとぞ)よろしくお願(ねが)い申(もう)し上(あ)げます。

百忙之中誠惶誠恐，敬請多多指教。

◆ ますますのご健康(けんこう)とご活躍(かつやく)をお祈(いの)り申(もう)し上(あ)げます。

敬祈身體日益健康暨事業順利。

◆ お客様(きゃくさま)には大変(たいへん)ご迷惑(めいわく)をおかけしたことをお詫(わ)び申(もう)し上(あ)げます。

造成顧客極大困擾，特此致歉。

重要

謙遜程度（由高至低）：

お／ご～申し上げる ＞ お／ご～いたす ＞ お／ご～する

実戦問題

今回お尋ねになった件につきまして、結果が＿＿＿ ＿＿＿ ＿＿＿ ＿★＿。

1 申し上げます　　2 お知らせ

3 分かり　　4 次第

129 お／ご～願う

意味 ～してください　敬請…

接続 お＋（和語）動詞~~ます~~＋願う

ご＋（漢語）名詞~~する~~＋願う

説明

謙譲語，謙遜表示我方請求時的說法，意思類似「お／ご～ください」。

例文

◆ 素人採寸につき、誤差はお許し願います。

由於不是專業人士量的尺寸，難免有誤差，敬請見諒。

◆ 詳細は各地の販売代理店までお問い合わせ願います。

詳情請洽各地代理商。

◆ 個人情報が正しいかどうかご確認願います。

請確認個人資料是否正確。

重要

「お／ご～願えますか」為本文法更加婉轉的說法。

◆ 誠に申し訳ございませんが、もう一度ご検討願えませんか。

非常抱歉，能否請您重新評估一次呢？

実戦問題

弊社のポリシーなので、お客様のご要望に応じられず申し訳ありません。

___★___ ______ ______ ______。

1 容赦　　**2** 何卒　　**3** 願います　　**4** ご

130 うけたまわる

意味　①私が受ける　（我方）接受

②私が聞く　（我方）聽

説明

兩種用法皆屬於非常恭敬的用語，漢字寫作「承る」。

①「受ける」的謙讓語，表示接受、承接。

②「聞く」的謙讓語，表示聽聞，此時等同謙讓動詞「拝聴する」。

例文

①

◆ 24時間いつでもご注文をうけたまわっております。

24小時隨時接受您的訂購。

◆ お問い合わせを確かに承りました。早急に折り返しご連絡いたしますので、しばらくお待ちください。

我們已確實收到您的詢問，將盡快與您連絡，敬請稍候。

②

◆ 中村先生のご意見を承りたいのですが、明日午後2時に研究室に伺ってもよろしいでしょうか。

我想聽聽中村老師您的意見，明天下午2點方便到研究室拜訪您嗎？

◆ この春ご子息様には、京都大学を優秀な成績でご卒業なさいました由承り、心からお祝い申し上げます。

聽說今年春天令郎以優異的成績自京都大學畢業，謹此衷心祝賀。

実戦問題

先生の____ ____ ★ ____、誠にありがとうございます。

1 ご意見　**2** 承り　**3** を　**4** 貴重な

131 拝～（する）

｜意味｜ 私が～する　（我方）做…

｜接続｜ 拝＋漢字一字（＋する）

｜説明｜

接頭語，主要與表示動作的漢字結合，謙稱自身動作。常見的有「拝見」、「拝読」、「拝聴」等，後面接續「する」可構成動詞。

｜例文｜

◆ すみません。切符を拝見します。

不好意思，請讓我看一下您的車票。

◆ 初秋の候、皆様にはますますご健勝にてご活躍のことと拝察いたします。

初秋之際，想必大家都身體健康、鴻圖大展。

◆ お送りいただいた論説を拝読しました。僭越ながら、私の意見を申し上げます。

拜讀了您惠賜之評論，冒昧請容我說出個人的意見。

重要

拝＋漢字一字	對應一般動詞	中文意思
拝見	見る	拜見
拝読	読む	拜讀
拝聴	聞く	拜聽
拝察	推察する	想；理解
拝借	借りる	借入

｜実戦問題｜

理事会から会社の働き方改革＿★＿ ＿＿ ＿＿ ＿＿。

1 を　　**2** 責任者　　**3** プロジェクトの　　**4** 拝命しました

132 丁寧語

說明

使用鄭重、客氣的說法，直接對聽者表示禮貌與個人的教養，表達方式有以下兩種：

①出現於句尾的「です」和「ます」，以及比「です」更有禮貌的「でございます」、比「あります」更有禮貌的「ございます」，都屬於丁寧語的用法，表達對聽者的禮貌。

②在與雙方無直接關係的日常一般名詞語彙前，加上接頭語「お」或「ご」，用以美化措詞，顯示態度高雅、有教養。此種表達方式亦稱為「美化語」。常見的例子有：「お店」、「お茶」、「ご飯」、「お菓子」等。此外，雖然現今有些日本人會使用「おトイレ」、「おビール」等說法，但一般來說，美化語的「お」和「ご」不置於外來語或動植物名之前。

例文

①

◆ はじめまして、東北大学の黄と申します。現在工学部の2年生です。

初次見面，我是東北大學的黄同學。現在是工學院2年級。

◆ 免税カウンターは地下1階でございます。

免稅櫃檯位於地下1樓。

◆ 実際の商品は写真と異なる場合がございます。

實際商品可能與照片不同。

②

◆ 台湾のお酒を味わってみてください。

請品嘗看看臺灣的酒。

◆ これから京都のおせち料理をご紹介します。

接下來我將介紹京都的日式年菜。

重要

丁寧語與尊敬語的區別：

◆ 小林校長（こばやしこうちょう）は昨日会議（きのうかいぎ）に出席（しゅっせき）しました。

小林校長昨天出席了會議。

→丁寧語，只對聽者表示禮貌。

◆ 小林校長（こばやしこうちょう）は昨日会議（きのうかいぎ）にご出席（しゅっせき）になった。

→尊敬語，只對動作主體表示敬意。

◆ 小林校長（こばやしこうちょう）は昨日会議（きのうかいぎ）にご出席（しゅっせき）になりました。

→尊敬語＋丁寧語，對動作主體表示敬意且對聽者表示禮貌。

実戦問題

中林先生は今回のスピーチコンテストの審査委員を＿＿ ＿＿ ＿★＿ ＿＿。

1 に　　2 お　　3 務め　　4 なります

常用特殊敬語一覽表

尊敬語	丁寧語	謙讓語	中文意思
いらっしゃいます おいでになります	います	おります	在
いらっしゃいます おいでになります	行きます	参ります 伺います	去
いらっしゃいます おいでになります お越しになります お見えになります	来ます	参ります	來
おっしゃいます	言います	申します 申し上げます	說
召し上がります	食べます	いただきます	吃
召し上がります	飲みます	いただきます	喝
お休みになります	寝ます	–	睡
ご覧になります	見ます	拝見します	看
–	見せます	お目にかけます ご覧に入れます	讓…看
–	読みます	拝読します	讀
–	聞きます	伺います 拝聴します	聽
–	会います	お目にかかります	見面
ご存じです	知っています	存じております	知道
なさいます	します	いたします	做
–	あげます	さしあげます	給
–	もらいます	いただきます 頂戴します	收
くださいます	くれます	–	給（我）

註：「–」表示該動詞無特殊的尊敬或謙讓動詞。

模擬試験

次の文の（　　）に入れるのに最もよいものを、1・2・3・4から一つ選びなさい。

1 お客様から必要な範囲の個人情報を収集させていただきます。予めご（　　）ください。

1 承知　**2** 了承　**3** 承諾　**4** 承認

2 差し支えなければ先生にお目に（　　）と存じます。

1 入れたい　**2** 見えたい
3 かかりたい　**4** 入りたい

3 打ち合わせの日程調整の件につきまして、ご返事くださいますようお願い（　　）。

1 申し上げます　**2** なさいます
3 させます　**4** いただきます

4 いつも先生のご指導を（　　）、ありがとうございます。

1 差し上げ　**2** ください　**3** 差し支え　**4** 承り

5 お買い求めの商品は在庫状況により出荷延期の場合が（　　）。

1 でございます　**2** ございます
3 おります　**4** いらっしゃいます

6 犯罪集団から取り上げたぞうぶつの真偽をお見定め（　　）。

1 願います　**2** 願いです
3 願いします　**4** 願いいたします

7 （　　）学に入学希望です。お手数ですが、審査用フォームを送っていただけないでしょうか。

1 高　**2** 弊　**3** 名　**4** 貴

⑧ 先生から（　　）借した専門の辞典、明日先生の研究室に返却に伺います。

1 拝　2 貴　3 御　4 高

⑨ こちらはベルギーのチョコレートです。どうぞ（　　）ください。

1 頂いて　2 お食い

3 召し上がって　4 食べ

⑩ 得意先の部長が（　　）。

1 見えられた　2 見れました

3 お見えになりました　4 お見えになられました

⑪ 微力ながら課長をお手助け（　　）。

1 申されます　2 申し上げます

3 申し出します　4 申しかかります

⑫ あのドレスを（　　）いらっしゃる方はどなたですか。

1 召して　2 召し上がって

3 お召にして　4 召した

⑬ わざわざここまでお越しいただき、ご説明を（　　）、恐縮です。

1 なさり　2 致し　3 差し支え　4 承り

⑭ 社長がご愛読になる本の名前をお教え（　　）。

1 願います　2 くださいます

3 なさいます　4 いたします

⑮ 部長は服のセンスもよくて（　　）ね。

1 ございます　2 いらっしゃいます

3 おります　4 あります

解 答

第1週

実戦問題

1 **4** (1→2→4→3)

2 **2** (1→3→2→4)

3 **3** (3→2→1→4)

4 **4** (2→1→4→3)

5 **2** (1→3→4→2)

6 **3** (4→1→3→2)

7 **4** (3→2→4→1)

8 **3** (4→3→2→1)

9 **2** (2→3→1→4)

10 **3** (2→3→4→1)

11 **1** (1→4→2→3)

模擬試験

1 1	2 4	3 2
4 2	5 3	6 4
7 2	8 1	9 1
10 2	11 1	12 3
13 2	14 1	15 2

第2週

実戦問題

12 **3** (2→3→4→1)

13 **3** (2→3→4→1)

14 **4** (2→1→3→4)

15 **4** (3→4→1→2)

16 **3** (1→2→4→3)

17 **2** (2→3→1→4)

18 **3** (4→1→3→2)

19 **1** (1→4→3→2)

20 **3** (2→4→1→3)

21 **1** (4→1→3→2)

22 **1** (4→2→1→3)

模擬試験

1 4	2 1	3 3
4 4	5 1	6 2
7 1	8 1	9 3
10 4	11 2	12 1
13 2	14 3	15 2

第 3 週

実戦問題

23　**3**（4 → 1 → 3 → 2）

24　**2**（4 → 1 → 3 → 2）

25　**3**（2 → 3 → 1 → 4）

26　**1**（1 → 4 → 2 → 3）

27　**2**（2 → 1 → 4 → 3）

28　**1**（4 → 3 → 2 → 1）

29　**4**（1 → 2 → 3 → 4）

30　**2**（1 → 3 → 2 → 4）

31　**1**（4 → 3 → 2 → 1）

32　**2**（2 → 1 → 3 → 4）

33　**1**（3 → 1 → 2 → 4）

模擬試驗

1 4	2 1	3 3
4 2	5 1	6 1
7 2	8 4	9 2
10 3	11 2	12 4
13 1	14 3	15 3

第 4 週

実戦問題

34　**3**（1 → 3 → 4 → 2）

35　**1**（4 → 3 → 1 → 2）

36　**3**（1 → 3 → 2 → 4）

37　**2**（1 → 4 → 3 → 2）

38　**4**（4 → 3 → 1 → 2）

39　**1**（1 → 3 → 2 → 4）

40　**3**（4 → 3 → 2 → 1）

41　**1**（4 → 1 → 2 → 3）

42　**1**（1 → 3 → 2 → 4）

43　**3**（1 → 2 → 4 → 3）

44　**4**（2 → 4 → 1 → 3）

模擬試驗

1 1	2 2	3 4
4 1	5 3	6 2
7 1	8 1	9 2
10 2	11 3	12 3
13 3	14 2	15 4

第 5 週

実戦問題

45 **2** (4 → 2 → 1 → 3)

46 **4** (1 → 3 → 2 → 4)

47 **2** (2 → 3 → 1 → 4)

48 **4** (3 → 2 → 4 → 1)

49 **1** (4 → 3 → 2 → 1)

50 **2** (2 → 4 → 3 → 1)

51 **3** (4 → 1 → 3 → 2)

52 **2** (2 → 1 → 4 → 3)

53 **1** (2 → 3 → 4 → 1)

54 **3** (1 → 3 → 2 → 4)

55 **1** (4 → 2 → 1 → 3)

模擬試驗

1 4	2 3	3 4
4 2	5 2	6 3
7 4	8 1	9 3
10 1	11 2	12 1
13 4	14 3	15 1

第 6 週

実戦問題

56 **1** (2 → 1 → 3 → 4)

57 **4** (2 → 4 → 1 → 3)

58 **2** (1 → 4 → 3 → 2)

59 **2** (1 → 2 → 4 → 3)

60 **1** (3 → 2 → 4 → 1)

61 **1** (2 → 1 → 4 → 3)

62 **3** (1 → 4 → 3 → 2)

63 **3** (3 → 4 → 2 → 1)

64 **2** (2 → 4 → 3 → 1)

65 **4** (1 → 3 → 2 → 4)

66 **4** (1 → 2 → 4 → 3)

模擬試驗

1 1	2 2	3 3
4 1	5 4	6 2
7 3	8 1	9 4
10 1	11 3	12 4
13 1	14 2	15 3

第7週

実戦問題

67　**4**（4→2→1→3）

68　**3**（1→3→2→4）

69　**2**（3→4→2→1）

70　**1**（1→3→2→4）

71　**2**（4→3→1→2）

72　**4**（3→4→2→1）

73　**2**（1→3→2→4）

74　**1**（1→3→2→4）

75　**4**（2→1→4→3）

76　**4**（1→3→2→4）

77　**1**（1→2→3→4）

模擬試験

[1] 4	[2] 1	[3] 1
[4] 3	[5] 2	[6] 4
[7] 2	[8] 3	[9] 3
[10] 1	[11] 4	[12] 1
[13] 2	[14] 3	[15] 4

第8週

実戦問題

78　**3**（4→2→3→1）

79　**1**（1→4→3→2）

80　**2**（4→3→1→2）

81　**3**（2→3→1→4）

82　**2**（4→3→2→1）

83　**4**（2→4→1→3）

84　**2**（1→4→2→3）

85　**4**（4→2→1→3）

86　**1**（1→3→2→4）

87　**4**（3→2→1→4）

88　**2**（4→1→3→2）

模擬試験

[1] 1	[2] 3	[3] 1
[4] 2	[5] 4	[6] 4
[7] 2	[8] 2	[9] 1
[10] 3	[11] 1	[12] 2
[13] 3	[14] 4	[15] 3

第 9 週

実戦問題

89 **1** (2→1→4→3)
90 **4** (3→2→4→1)
91 **3** (2→4→1→3)
92 **3** (4→1→2→3)
93 **2** (1→4→3→2)
94 **1** (1→3→2→4)
95 **2** (3→4→2→1)
96 **1** (1→4→3→2)
97 **2** (4→3→1→2)
98 **4** (3→4→2→1)
99 **4** (3→1→4→2)

模擬試験

1 2	2 4	3 1
4 2	5 3	6 4
7 2	8 3	9 1
10 3	11 1	12 2
13 4	14 1	15 3

第 10 週

実戦問題

100 **1** (3→1→2→4)
101 **4** (2→1→3→4)
102 **2** (1→4→2→3)
103 **1** (3→2→4→1)
104 **2** (3→4→2→1)
105 **3** (3→2→4→1)
106 **2** (3→2→1→4)
107 **4** (4→2→3→1)
108 **3** (4→3→1→2)
109 **2** (3→2→4→1)
110 **4** (3→1→4→2)

模擬試験

1 1	2 2	3 4
4 1	5 3	6 2
7 2	8 1	9 4
10 4	11 3	12 2
13 1	14 3	15 1

第 11 週

実戦問題

111 **1** (4→2→1→3)

112 **3** (4→1→3→2)

113 **3** (4→3→2→1)

114 **2** (3→4→2→1)

115 **4** (1→3→2→4)

116 **2** (2→4→3→1)

117 **1** (2→1→3→4)

118 **4** (1→4→2→3)

119 **3** (3→2→4→1)

120 **3** (4→2→3→1)

121 **2** (1→3→2→4)

模擬試験

[1] 1	[2] 2	[3] 2
[4] 1	[5] 4	[6] 4
[7] 3	[8] 1	[9] 3
[10] 3	[11] 1	[12] 2
[13] 3	[14] 4	[15] 1

第 12 週

実戦問題

122 **2** (1→4→3→2)

123 **3** (1→3→2→4)

124 **1** (4→1→2→3)

125 **4** (3→1→2→4)

126 **4** (1→4→2→3)

127 **1** (3→1→2→4)

128 **1** (3→4→2→1)

129 **2** (2→4→1→3)

130 **3** (4→1→3→2)

131 **3** (3→2→1→4)

132 **1** (2→3→1→4)

模擬試験

[1] 2	[2] 3	[3] 1
[4] 4	[5] 2	[6] 1
[7] 4	[8] 1	[9] 3
[10] 3	[11] 2	[12] 1
[13] 4	[14] 1	[15] 2

必勝

筆　記

合格

必勝

筆 記

合格

索引

若第一個文字為括弧內可省略之文字，則以第二個文字為起始做排序。

あ

い

う

お

か

き

け

こ

し

す

そ

た

つ

て

と

な

に

の

は

ひ

へ

ま

み

め

も

や

ゆ

を

ん

参考書籍

✦ 池松孝子、奥田順子『「あいうえお」でひく日本語の重要表現文型』専門教育出版

✦ グループ・ジャマシイ『教師と学習者のための日本語文型辞典』くろしお出版

✦ 阪田雪子、倉持保男著、国際交流基金日本語国際センター編『教師用日本語教育ハンドブック文法 II』凡人社

✦ 坂本正『日本語表現文型例文集』凡人社

✦ 白寄まゆみ、入内島一美『日本語能力試験対応 文法問題集 1 級・2 級』桐原ユニ

✦ 鈴木昭夫『5 つのパターンで応用自在 敬語 速攻マスター』日本実業出版社

✦ 寺村秀夫『日本語のシンタクスと意味 II』くろしお出版

✦ 寺村秀夫、鈴木泰、野田尚史、矢澤真人『ケーススタディ日本文法』おうふう

✦ 友松悦子、宮本淳、和栗雅子『どんな時どう使う日本語表現文型 500 中・上級』アルク

✦ 日本国際教育支援協会、国際交流基金『日本語能力試験 出題基準』凡人社

✦ 益岡隆志『基礎日本語文法』くろしお出版

✦ 宮島達夫、仁田義雄『日本語類義表現の文法（上、下）』くろしお出版

✦ 森田良行『基礎日本語辞典』角川書店

✦ 森田良行『日本語の視点』創拓社

✦ 森田良行、松木正恵『日本語表現文型』アルク

圖表式日語助詞

日語中各式各樣的助詞很困擾你嗎？

如果有一本助詞學習書能滿足以下要求——

1簡單，但又要足以應付日語檢定

2易懂，所以最好有助詞類義比較

3記得住，所以用法必須條列清楚

是不是就太完美了？

《圖表式日語助詞》就是最適合的那本書！

李宜蓉　編著

芦原　賢（盧士瑞）　日語審閱

口訣式日語動詞

～解開日語初學者對日語動詞變化學習的疑惑～

日語動詞變化初學者常見的問題——

動詞變化總是搞不清楚怎麼辦？

五段、一段、カ變、サ變動詞是什麼？

與第Ⅰ類、第Ⅱ類、第Ⅲ類動詞有何不同？

是否有更簡單明瞭、有效的學習方式？

有的！答案都在《口訣式日語動詞》裡！

李宜蓉　編著

國家圖書館出版品預行編目資料

新日檢制霸！N1文法特訓班／永石 繪美,賴建樺編著;泉 文明校閱.——初版一刷.——臺北市：三民，2021

面；　公分.——（JLPT滿分進擊）

ISBN 978-957-14-7248-5（平裝）

1.日語 2.語法 3.能力測驗

803.189　　110011457

JLPT 滿分進擊

新日檢制霸！N1 文法特訓班

編著者　永石 繪美、賴建樺
校　閱　泉 文明
責任編輯　游郁苹
美術編輯　黃顯喬

發行人　劉振強
出版者　三民書局股份有限公司
地　址　臺北市復興北路 386 號 (復北門市)
臺北市重慶南路一段 61 號 (重南門市)
電　話　(02)25006600
網　址　三民網路書店 https://www.sanmin.com.tw

出版日期　初版一刷 2021 年 8 月
書籍編號　S860280
ISBN　978-957-14-7248-5